„Werden die Dinge untersucht, so wächst die Erkenntnis…"

Konfuzius

„Ist der Staat gut regiert, so findet alles, was unter dem Himmel ist, Frieden."

Konfuzius

Michael Ramm

Vater(s)-Land

Erfahrungen mit Deutschland

Buchtitel:
„Vater(s)-Land"

© Michael Ramm 2017

Autor: Michael Ramm
Umschlaggestaltung, Illustration: Michael Ramm

Verlag: tredition GmbH, Hamburg
ISBN: 978-3-7439-2149-8
Printed in Germany

Für meine Mutter

Inhalt

.

Vaterland ist Patriarchenland

Euphorisch äußerte sich der deutsche Dramatiker Heinrich von Kleist: „O welch herrliches Geschenk des Himmels ist ein schönes Vaterland!" In diesem Tenor brachte auch Friedrich von Schiller dem Vaterland seine Sympathie entgegen: „Ans Vaterland, ans teure, schließ dich an, das halte fest mit deinem ganzen Herzen." Insbesondere dem Vaterland dienen wollte der Reichskanzler Fürst von Bismarck: „So lange ein Faden an mir ist, will ich dem Vaterlande dienen."

Eher skeptisch sahen es andere Vaterlandsbetrachter: „Das Vaterland gehört denen, die nichts anderes haben.", schrieb einst der französische Philosoph Jean Jaurés. Der französische Kaiser, Napoleon der Erste, hatte eine pragmatisch-skeptische Sicht auf die Dinge rund ums deutsche Vaterland: „Die Deutschen haben sechs Monate Winter und sechs Monate keinen Sommer. Und das nennen sie Vaterland."

Das Vaterland, abgeleitet vom lateinischen „patria", wird als das Land der Väter und Vorfahren bezeichnet. Ursprünglich ging es in der Tat um das Land des Vaters. Vater und Land sind Determinanten, die im Laufe der Geschichte zu einer politischen Einheit fanden.

Das „vaterlant" war bereits im Althochdeutschen seit dem frühen Mittelalter, etwa im 8. Jahrhundert, bekannt. Im Mittelhochdeutschen fand der Begriff ab dem elften Jahrhundert Verwendung und Erwähnung im Kompendium „Summarium Heinrici". Seiner Ursprungsbedeutung nach handelte es sich um das zu bebauende Land des Vaters, also das Land, das dem Vater gehört. Die erweiterte Entwicklung des Vaterlandsbegriffes führte zu einer Herkunfts- und Abstammungsbestimmung, in der das Land, aus dem die Vorfahren kommen, als Vaterland bezeichnet wurde.

In der Moderne bekam das Vaterland eine nationalistisch und patriotisch konnotierte Bezeichnung als Staat, in dem man geboren wurde. Dabei geht es hauptsächlich um ein Gefühl, welches man dem Vaterland entgegenzubringen hat, inwieweit man sich mit diesem Gebilde identifiziert. Ideologisch wird häufig eine gefühlige Zuneigung erwartet, die verschiedentlich die Individuen überfordert.

So wie Andreas Gryphius in seinem Barockgedicht „Tränen des Vaterlandes" mitten im Dreißigjährigen Krieg den Krieg als Geisel der Menschheit beklagt, so kritisiert und beklagt Johannes R. Becher 1937 in seiner gleichnamigen Analogie auf Gryphius die nationalsozialistische Inbesitznahme Deutschlands. „Oh Deutschland! Sagt, was habt aus Deutschland ihr gemacht?! Ein Deutschland stark und frei?! Ein Deutschland hoch in

Ehren?! So nahmen sie Dich ein, die Dich heut verheeren!" Weitere Gräueltaten Hitler-Deutschlands standen kurz bevor.

Vaterland und Patriotismus gingen im Laufe der deutschen Geschichte eine Symbiose ein, die dem Begriff des „Vaterlands" neben einer patriotischen auch eine immer nationalistischere Konnotation bescherte. Diese Verbindung kann eben nicht ohne die historischen Ereignisse, die in unserem Land stattfanden, gedacht und verstanden werden.

Die schlichte Formel: Patriotismus gut, Nationalismus schlecht, funktioniert nicht so einfach, weil beide Begriffe in interaktiver, abhängiger und kritischer Beziehung stehen. So fand Kurt Tucholsky schon am Patriotismus wenig Gefallen: „Den letzten Haß nennt man Patriotismus".

Während zunächst der Patriotismus ein emanzipatorisches Resultat der Aufklärung, ein bürgerschaftliches Engagement gegen den Obrigkeitsstaat im Sinne der „res publica", also dem Eintreten für das Gemeinwesen darstellte, kam im Laufe des 19. Jahrhunderts, mit der Verfestigung der Nationalstaaten, ein überbordender Patriotismus hinzu, der das nationale Element der Abgrenzung und Überlegenheit gegenüber „den Anderen" in sich trug.

Dieses Umschlagen von Patriotismus in Nationalismus hat der niederländische Kulturhistoriker Johan Hunziga treffend formuliert: „Unter den Feen, die an der Wiege der Nationen standen, haben Hochmut, Habsucht, Hass und Neid nie gefehlt".

Der Nationalismus beruht stark auf einem Gefühl, dem Wir-Gefühl. Es ist eine „emotionale Konditionierung", die häufig angesprochen wird, wenn es um die Dinge des Vaterlandes geht. Kaiser Wilhelm II. hat 1914 zu Beginn des 1. Weltkrieges das Nationalgefühl mit dem Satz angesprochen: „Ich kenne keine Parteien mehr, ich kenne nur Deutsche".

In dieser unheilvollen Allianz von Patriotismus und Nationalismus liegen die Wurzeln, die in unserer Landesgeschichte den deutschnationalen Gedanken forcierten. Allerdings ist dies kein alleiniges Phänomen der Deutschen.

Die Rolle des Patriarchen

Der Vater - der Patriarch - konnte bis zum zwanzigsten Jahrhundert seine ranghöchste soziale Position im Wesentlichen verteidigen. Diese historisch langwährende einseitige Orientierung am Patriarchat wirkte bis weit ins 18. Jahrhundert im Sinne einer bürgerlichen Familienideologie, in der das Oberhaupt der Familie männlich zu sein hatte.

Sozialhistorisch bekam die Rolle des Vaters zwar zunehmend Risse, weil sie immer weniger den sozialen und ökonomischen Gegebenheiten entsprach, aber die vorherrschende Stellung des Mannes/Vaters blieb bestehen. Obwohl in der Industriegesellschaft die Stellung des Mannes zunächst eine Aufwertung erfuhr, erodierte gleichzeitig die starke Rollendominanz des Vaters in den sich entwickelnden modernen Gesellschaften. Im 20. Jahrhundert kam es zu einem weiteren Bedeutungsverlust des „Vaters".

Verantwortlich dafür war die Einbindung der Männer in eine außerhäusliche und zunehmend arbeitsteilige Welt sowie die Zunahme staatlicher Eingriffe in das Familienleben, die, so der deutsche Sozialphilosoph Max Horkheimer, einen Funktionsverlust väterlicher Autorität beförderten und eine Entwicklung in die „vaterlose Gesellschaft", wie sie Alexander Mitscherlich in seiner sozialpsychologischen Analyse postulierte, begünstigten. Dieser Prozess kann als Beleg für die verlorengegangene einseitige Vormachtstellung der Väter dienen, den Abschied von der Vorbildfunktion, die Zersetzung der „Hierarchie der Vaterrolle".

Patriarchat und Patriotismus sind zwei Begriffe, die in einer eindeutigen Wechselbeziehung stehen. Zwischen dem Verlust an väterlicher Autorität und dem problematischen Umgang mit der „nationalen Identität" scheint ein Zusammenhang zu bestehen, da die Suche nach nationaler Identität parallel mit den patriarchalischen Strukturen einherging, während der zunehmende Bedeutungsverlust, begünstigt durch soziale, ökonomische sowie politisch-historische Ereignisse, interessanter Weise durch die Männer - Väter - selbst eingeleitet wurde.

Während die Bedeutung des Begriffes „Vaterland" sich stark an Territorium und Herkunft orientiert, bezieht sich der Begriff „Mutterland" zwar ebenfalls auf eine gewisse Zugehörigkeit und Abhängigkeit, die aber nicht räumlich gebunden sein muss. Beide Begriffe sind eng verwoben, jedoch ist die Bedeutung sehr verschieden.

Deutschland und der Nationalismus

Die bis in die frühe Neuzeit vorherrschende Vorstellung, dass eine gemeinsame Herkunft, Heimat, Abstammung oder Ethnizität, was im deutschen Sprachraum mit dem Begriff des „Landsmanns" verbunden ist, ein Gemeinschaftsgefühl entstehen lässt, kann als Entstehungsmodell des Patriotismus gesehen werden. Ausgehend von der französischen Revolution im Jahr 1789 wurde eine Epoche eingeleitet, die Nationalstaatlichkeit und Volksherrschaft unter den europäischen Völkern thematisierte. So fungierte Frankreich in Europa als Vorläufer nationaler Staatlichkeit.

Dieser historische Einschnitt blieb auch nicht ohne Auswirkungen auf die deutschsprachigen Gebiete, wo Gedanken, Ideen und Vorstellungen zur Überwindung der vorhandenen feudalen Strukturen unter Einbeziehung eines revolutionär verstandenen Liberalismus und Nationalismus auf die Bedürfnisse des Bürgertums trafen. Die napoleonischen Expansionsgelüste, die von Frankreich ausgingen, verstärkten im deutschen Sprachraum die nationalen Bestrebungen, die selbst nach dem Ende Napoleons und trotz einer restaurativen Politik nach dem „Wiener Kongress", der feudale Verhältnisse begünstigte, dennoch nicht zum Erliegen kamen.

Der Wille zur nationalen Einheit und der Wunsch nach demokratischer Partizipation ließen sich nicht mehr auslöschen. Ausdruck dieses Strebens weg von Fremdbestimmung und hin zu nationaler Einheit war u.a. das „Deutschlandlied" von Hoffmann von Fallersleben, welches heute noch zu missverständlichen Interpretationen führt. Allerdings vergingen 34 Jahre nach dem „Wiener Kongress", bis der Wunsch nach Freiheit und Nation in der Märzrevolution von 1848 seinen Widerhall fand. Nicht umsonst wird dieses Datum, das mit der nationalen Versammlung in der Frankfurter Paulskirche einen historischen Höhepunkt fand, als Geburtsstunde des deutschen Parlamentarismus angesehen.

Die Zeit der Nationalstaaten heutiger Prägung beginnt erst in der Mitte des 19. Jahrhunderts, also nach den napoleonischen Kriegen und dem Wiener Kongress. Der Nationalstaat wurde zur politischen Idee, zum Staatsmodell, das auf sprachlicher, kultureller und ethnischer Homogenität seiner Bürger beruht. So verstanden sich die Menschen, ganz im Sinne der Aufklärung, nicht mehr als Untertanen eines Regenten, sondern als Bürger dieser neuen Institution.

Belgien wurde bereits 1832 zum Nationalstaat, Italien, Dänemark und Deutschland folgten erst rund vierzig Jahre später diesem Beispiel. Ende 1870, nach dem deutsch-französischen Krieg, proklamierte Otto von Bismarck, preußischer Ministerpräsident und später Reichskanzler, das Deutsche Reich in Versailles mit dem Satz „Die deutsche Einheit ist gemacht." Im darauf folgenden Jahr endete der deutsch-französische Krieg.

Der Nationalismus ist somit eine Entwicklung der europäischen Neuzeit. Was er in den Nationalstaaten, in denen die Menschen nun Niederlagen als nationale Schande interpretierten und empfanden, insbesondere in Deutschland hervorbrachte, zeigte sich spätestens zu Beginn des Ersten Weltkrieges.

Friedrich Hölderlin, der deutsche Lyriker, sorgte sich bereits Ende des 18. Jahrhunderts um die „Deutschen", als er in seinem lyrischen Briefroman „Hyperion" über die „Deutschen" wenig Erbauliches schrieb: „So kam ich unter die Deutschen. Ich forderte nicht viel und war gefaßt, noch weniger zu finden. … Barbaren von Alters her, durch Fleiß und Wissenschaft und selbst durch Religion barbarischer geworden, tiefunfähig jedes göttlichen Gefühls, verdorben bis ins Mark…, in jedem Grad der Übertreibung und der Ärmlichkeit belaidigend für jede gutgeartete Seele, dumpf und harmonielos, wie die Scherben eines weggeworfenen Gefäßes - das, mein Bellarmin, waren meine Tröster. Es ist ein hartes Wort, und dennoch sag' ichs, weil es Wahrheit ist: ich kann kein Volk mir denken, das zerrissener wäre, wie die Deutschen. Handwerker siehst Du, aber keine Menschen, Denker, aber keine Menschen, Priester, aber keine Menschen, Herren und Knechte, Jungen und gesetzte Leut, aber keine Menschen - ist das nicht, wie ein

Schlachtfeld, wo Hände und Arme und alle Glieder zerstückelt untereinander liegen, indessen das vergoßne Lebensblut im Sande zerrinnt?"

Selbst wenn man die Zeit berücksichtigt, in der Hölderlin diese Zeilen geschrieben hat, und den Kontext einbezieht - bei dem Protagonisten handelt es sich um einen Griechen, der in den deutschen Sprachraum kommt -, bleiben Elemente, gerade wenn man die deutsche Geschichte betrachtet, die nachdenklich machen. Ebenso wie man von der soziologischen Analyse Theodor W. Adornos zum „autoritären Charakter" erfasst wird, der insbesondere auf die autoritäre und willfährige Menschenbildung hinweist, die nicht nur faschistischen Gesellschaftssystemen Tür und Tor öffnen konnte und kann.

Im weiteren Verlauf des 19. Jahrhunderts veränderte sich eine zunächst durchaus positive deutsch-nationale Stimmungslage hin zu einer eher nationalen Überheblichkeit, die Anfang des zwanzigsten Jahrhunderts in den ersten Weltkrieg mündete. Nach Ende dieses Krieges berief sich die faschistisch-nationalsozialistische Allianz auf den Patriotismus, mit den bekannten Folgen. Auf diese fatale deutsche Fehlentwicklung wies Kurt Tucholsky bereits 1931 hin: „Deutschland ist eine anatomische Merkwürdigkeit: Es schreibt mit links und tut mit der Rechten."

Dass Patriotismus als Synonym für „Vaterlandsliebe" eine ethnische, kulturelle, politische und historische Verankerung beinhalten kann, jedoch häufig mit einem übersteigerten Nationalismus verwechselt wird, macht die Beschreibung des in Litauen geborenen Autors und Diplomaten, Romain Gary, deutlich: „Patriotismus ist die Liebe zu den Seinen. Nationalismus ist der Haß auf die anderen."

Was ein überhöhter Patriotismus, bzw. ein übersteigerter Nationalismus, anrichten kann, belegen aus deutscher Sicht zwei Weltkriege, deren schreckliche Folgen sich nicht nur aufs eigene Vaterland auswirkten, sondern Vernichtung und Elend für viele (Vater-) Länder brachten. Die gesellschaftlichen Folgen für Deutschland sind hinlänglich erörtert und bekannt. Entsprechende individuelle Konsequenzen, die der einzelne Mensch ertragen musste, können im Nachhinein exemplarisch aufgearbeitet und beschrieben werden.

So hat meines „Vaters Land" nach der selbstzerstörerischen Phase des „Dritten Reiches" eine Entwicklung genommen, die nicht vorhersehbar war und die zu erheblichen Verwerfungen führte, welche das Land, den Staat und den gesellschaftlichen Rahmen selbst betrafen, und somit auch die biographischen Merkmale der darin lebenden Menschen.

Nach Beendigung des Zweiten Weltkrieges, im Mai 1945, wurde das Deutsche Reich in verschiedene Zonen unterteilt, in denen die alliierten Staaten USA, Sowjetunion, Großbritannien und Frankreich starken Einfluss auf die deutsche Entwicklung nahmen.

In die Zeit zwischen den zwei Weltkriegen wurde mein Vater geboren. Ein Kind der Weimarer Republik. Eine Republik, die mit all ihren Widersprüchen ihren Platz nicht nur im Zentrum Europas suchte, sondern verunsichert um eine eigene demokratische Orientierung und Stabilität kämpfte. Dieser Versuch einer deutschen Republik scheiterte, Deutschland machte entwicklungsgeschichtlich einen verheerenden Rückschritt, der im Totalitarismus mit seinen verbrecherischen Merkmalen endete.

Der Lebensstart meines Vaters war mit erheblichen politischen Turbulenzen verbunden, die vor allem die ökonomischen Lebensbedingungen vieler Menschen betrafen. Dennoch war zu diesem Zeitpunkt noch nicht absehbar, dass der Weg direkt in den Abgrund führte. So geriet mein Vater in sein erstes historisches Desaster, das Deutschland sich selbst und der Welt bescherte.

Der Anfang

Nachdem der erste Reichspräsident der Weimarer Republik, Friedrich Ebert, 1925 gestorben war, wählte der Reichstag Paul von Hindenburg erstmalig zum neuen Reichspräsidenten. Hindenburg, der Generalfeldmarschall, übte bereits zwischen 1916 und 1918 diktatorische Regierungsgewalt als Leiter der Obersten Heeresführung aus. Schon bei der Kaiserproklamation und Reichsgründung in Versailles im Jahr 1871 war er als Repräsentant seines Regiments anwesend, nachdem es Bismarck gelungen war, das deutsche Kaiserreich politisch zu gestalten, in dem er dann erster Reichskanzler und in Personalunion preußischer Ministerpräsident blieb.

Adolf Hitler stand 1925 am Beginn seiner politischen Laufbahn, um nach einer in Landsberg am Lech verbüßten Haftstrafe, die im Jahr 1923 aufgrund eines Putschversuches, an dem er maßgeblich beteiligt war, ausgesprochen wurde, deutlich aktiver zu werden. So wurde dieses Jahr das neue Gründungsjahr der NSDAP. Reichspräsident Paul von Hindenburg war es dann, der 1933 Adolf Hitler zum Reichskanzler ernannte.

Als mein Vater im November 1925 das Licht der Welt in Leipzig erblickte, erschien im selben Jahr von Adolf Hitler der erste Band seines Buches „Mein Kampf", welches in der Folge wider Erwarten Aufmerksamkeit erlangte und dessen politische Umsetzung zu den bekannten, schrecklichen Folgen führte.

Die Mutter meines Vaters, kaufmännisch gebildet, Tochter eines Unternehmers, dessen Vater als Erster im Zusammenwirken mit dem Turner J. D. Lion und dem berühmten „Turnvater" Friedrich Ludwig Jahn seit 1863 fabrikmäßig Turn- und Sportgeräte im Deutschen Reich herstellte, musste unter den schwierigen Bedingungen der Weimarer Republik ihre fünfköpfige Familie am Leben erhalten, da ihr Mann, ein angestellter Buchhalter, früh verstarb und die eigenen Eltern sie aus verschiedenen Gründen nicht unterstützten.

So wurde mein Vater als Kind der Zwischenkriegsjahre des letzten Jahrhunderts mit bürgerlichem Hintergrund und alleinerziehender Mutter, die sich noch um ihre drei Töchter kümmern musste, in einem „Frauenhaushalt" groß. Mit seinen drei älteren Schwestern verband ihn eine innige Beziehung, die bis ins hohe Alter hinaus Bestand hatte.

Im siebten Lebensjahr begann 1932 für meinen Vater die Schulzeit mit dem Besuch der 50. Volksschule in Leipzig und endete zu Ostern 1940 mit dem Entlassungszeugnis der „Reichsmessestadt".

Die Machtübernahme der Nationalsozialisten erlebte mein Vater als achtjähriger Volksschüler. Es begann eine Entwicklung, deren Grundlagen bereits nach dem Ersten Weltkrieg gelegt wurden und deren Zerstörungskraft in der Weltgeschichte einmalig blieb. Das nationalsozialistische System ‚kümmerte' sich um seine Jugend. Bereits 1933 wurden über 100.000 Hitlerjugend (HJ) - Mitglieder gezählt. Zwei Jahre später wurde mein Vater über diese Jugendorganisation in die „Volksgemeinschaft" aufgenommen.

Er wurde Mitglied im Jungvolk, der Hitlerjugend (HJ) und im Nationalsozialistischen Kraftfahrzeugkorps (NSKK). Dies war verbunden mit dem Besuch einer sogenannten Motorsportschule.

Eine am 1. April 1940 in einer landwirtschaftlichen Maschinenfabrik begonnene Ausbildung zum Werkzeugschlosser wurde bereits Mitte Mai wieder abgebrochen, weil sein berufliches Interesse eher in eine kaufmännische Richtung tendierte. So wurde am 1. Juni 1940 ein kaufmännischer Lehrvertrag bei der Leipziger Firma Pressler abgeschlossen, der im Mai 1943 enden sollte. Im ersten Lehrjahr wurden monatlich 21 Reichsmark ausbezahlt. Eine finanzielle Steigerung während der dreijährigen Lehrzeit auf 35 bzw. 48 Reichsmark im letzten Lehrjahr war vorgesehen. Dieser Lehrvertrag blieb allerdings unerfüllt, da er ab 1.2.1941 eine Lehre als Modellbauer begann, die im August 1943 wegen Einberufung zum Militärdienst mit einer Notgesellenprüfung durch die Tischler-, Boots- und Modellbauer-

Innung beendet wurde. Die berufliche Ausbildung endete so zwangsweise mitten im zweiten Weltkrieg.

Die anschließende militärische Kurzausbildung führte meinen Vater unmittelbar zu mehreren Kriegseinsätzen in verschiedene europäische Länder. Am Ende dieses staatlich verordneten Engagements stand eine Verwundung, die körperliche und seelische Schäden hinterließ. Der Nationalsozialistische Staat, das Vaterland, opferte in diesem irrsinnigen Krieg seine Menschen, um die ideologischen Hirngespinste seiner Anführer zu realisieren.

Die Opferzahlen dieses Krieges sind unvorstellbar hoch. Allein die Todesopfer hatten ein bis dahin unbegreifliches Ausmaß erreicht. Nach Schätzungen ist von 60 bis 65 Millionen Kriegstoten auszugehen. Die Gesamtzahl der Opfer, wenn Verbrechen und Kriegsfolgen mit einbezogen werden, lag bei etwa 80 Millionen Menschen. Die höchsten Verluste hatte die Sowjetunion zu beklagen: 27 Millionen Tote. Dabei gehen manche Quellen von einer noch größeren Opferzahl aus.

Unfassbar sind allein die von den Deutschen verübten Massenverbrechen an 13 Millionen Menschen, darunter waren allein 6 Millionen Juden.

Die Entwicklung in den 20er und 30er Jahren

Die im August 1919 beschlossene „Weimarer Reichsverfassung", die sich auf Teile der 1849 verabschiedeten „Paulskirchenverfassung" bezog, war die erste praktizierte demokratische Verfassung im Deutschen Reich. Sie galt formal bis zur nationalsozialistischen Machtübernahme, wurde dort aber durch die „Reichstagsbrandverordnung" alsbald außer Kraft gesetzt, da man den kommunistischen Abgeordneten im Reichstag ihr Mandatsrecht entzog und so durch eine Zweidrittelmehrheit im Parlament das „Ermächtigungsgesetz" einführen konnte.

Otto Kirchheimers Kritik an der Weimarer Verfassung als „Verfassung ohne Entscheidung" verwies auf die ihr innewohnenden Schwächen, nämlich die Vermittlerin zwischen Bürgertum und Sozialismus zu sein, einerseits kapitalistische Gesellschaftsstruktur, andererseits kommunistische Einflüsse aus der revolutionären Arbeiterbewegung von 1918 nicht zu vereinen, sondern parallel nebeneinander her laufen zu lassen. So formulierte der Staats- und Verfassungsrechtler Kirchheimer, dass die Weimarer Verfassung einerseits „einen zweiten Höhepunkt des bürgerlichen Zeitalters" bedeute, andererseits aber „stärkste Festung des kontinentalen Sozialismus" darstelle.

Die Probleme der Weimarer Republik bezogen sich nicht nur auf den Interessenkompromiss der gesellschaftlichen Klassen, der im Parlament „domestiziert und stets von neuem kleingearbeitet werden sollte", so der Politologe Alfons Söllner, sondern stellte sich als Krise der Demokratie und der ökonomischen-sozialen Gegebenheiten dar. In der ökonomischen Krise wurde die parlamentarische Konfliktaustragung dann völlig aufgegeben, was zur parlamentarischen Handlungs- und Lösungsunfähigkeit führte. Diese parlamentarische Funktionsstörung reparierten zunächst andere staatliche Institutionen, wie Bürokratie und Justiz, die schon immer zu den konservativen Kräften zählten. Sie verhinderten sozialstaatlich fortschrittliche Inhalte der Weimarer Verfassung durch restriktive Handhabung. Diese Entwicklungen führten, neben anderen Maßnahmen, wie Notverordnungen durch den Reichspräsidenten, zur weiteren Schwächung des Parlaments und damit der Demokratie, was auf eine diktaturähnliche Staatsform hinaus lief.

Die vorhandenen gesellschaftlichen Spannungen und Widersprüche, die Verfassungswirklichkeit sowie die politischen und sozialen Realitäten überlebten den demokratischen Ansatz nur rund dreizehn Jahre. Diese Phase war durch entsprechende Verwerfungen geprägt: zum einen brachte der Versailler Vertrag, in dem die Kriegsschuld Deutschlands, hohe Reparationszahlungen und Gebietsverluste festgelegt wurden, die nationalen und rechten Kräfte gegen die junge Republik in Stellung, zum anderen warfen die Kommunistische Partei Deutschlands (KPD) und linke Kräfte innerhalb der Sozialdemokratischen Partei Deutschlands (SPD) dem Staat vor, die Arbeiterbewegung verraten zu haben. Es gab verschiedene Putschversuche gegen die Republik, beginnend 1920 mit dem rechtsnationalen „Kapp-Putsch" durch Mitglieder der Reichswehr, die bereits 1919 an der Ermordung von Rosa Luxemburg und Karl Liebknecht beteiligt war. Anfang der zwanziger Jahre erfolgte der Aufstand der Roten Ruhrarmee als Gegenreaktion auf den Kapp-Putsch, 1923 der Hamburger Aufstand der KPD unter Führung von Ernst Thälmann und der Hitler-Putsch in München. Zudem gab es Attentate auf den Zentrumspolitiker Erzberger, den Sozialdemokraten Scheidemann und Reichsaußenminister Rathenau.

Die Hyperinflation 1923, bei der ein Wochenlohn oftmals nicht zum Kauf eines Brotes reichte, oder ein US-Dollar 4,2 Billionen Mark wert war, verschärfte die soziale Lage in Deutschland erheblich, so dass erst nach deren Überwindung eine gewisse Konsolidierung eintrat. Diese wirtschaftliche Stabilität hielt bis zur Weltwirtschaftskrise 1929 an, von da an veränderte sich die soziale und ökonomische Situation für weite Teile der deutschen Bevölkerung erheblich.

Bereits nach dem Ersten Weltkrieg war die Arbeitslosigkeit schon einmal kurzfristig auf drei Millionen Menschen angestiegen, um dann relativ rasch zurückzugehen. Erst im bereits erwähnten Krisenjahr 1923 war eine erhebliche Steigerung auf 4 Millionen Arbeitslose zu verzeichnen, die sich aber bis 1925 wieder bei rund einer Million einpendelte. Ab dem Jahr 1929, zu Beginn der Weltwirtschaftskrise, ging dieser Wert dann wieder deutlich nach oben, um 1932 seinen Höhepunkt zu erreichen. Durch diese Massenarbeitslosigkeit, die nun bei über sechs Millionen lag, kam es zu erheblichen sozialen und ökonomischen Problemen.

Kurz bevor die Nationalsozialisten die Macht im Deutschen Reich übernahmen, befand sich Deutschland deshalb in einer schwierigen wirtschaftlichen Lage und sozialen Verfassung, die zu erheblicher Verelendung großer Teile der Bevölkerung führte.

In einem im Oktober 1932 von meiner Großmutter verfassten Brief werden diese erheblichen Existenzprobleme exemplarisch verdeutlicht: „Wie noch viel ernster und trauriger das Leben geworden ist und wie die armen Menschen ringen, würgen und kämpfen um das bisschen Dasein. So schlimm ist es auch noch nie auf der Welt gewesen, wie jetzt, was nur noch kommen mag!"

Der Alltag wurde häufig zum Überlebenskampf. Finanzielle Verarmung ging häufig einher mit Hunger und fehlender Grundversorgung: „Jedenfalls haben wir sehr gedarbt und gehungert, wir haben alle abgenommen, den beiden kleinen fehlt ja so sehr die Milch und Butter, tageweise auch Mittagbrot, denn ich konnte kaum etwas kochen.", so meine Großmutter in ihrem Brief.

Verschiedentlich wurden Hilfsangebote gemacht, so dass zumindest ein einfaches Überleben möglich war. „Dass wir seit Anfang Sommer das fertiggekochte Essen auf meine Kriegsfürsorgekarte vom Großvater holen, was sehr gut schmeckt." Die Essensausgabe war zumindest wohnungsnah organisiert, so dass die Speisen mit geringem Zeitaufwand geholt werden konnten und meist noch warm waren, weil die Aufbereitung des Essens wegen der fehlenden Grundversorgung mit Strom und Gas ebenfalls häufig nicht gewährleistet war. Hinzu kam eine gewisse Überwindung, diese Almosen anzunehmen, weil viele sich ihrer Armut schämten.

Die kommunale Essensausgabe wird folgendermaßen beschrieben: „Erst war die Ausgabe auf unserem Block, wo Miete bezahlt wird, weil zu klein der Raum für die vielen hungernden Menschen und Arbeitslosen wurde die Ausgabe nach der 51. Volksschule in Keller verlegt, wo ich es täglich halb Zwölf hole. Es hat viel Überwindung gekostet, doch ist nun was Altes geworden."

Die finanziellen Schwierigkeiten erschwerten den Alltag erheblich, dies wird in den weiteren Ausführungen deutlich: „…ist uns seit 11. Juli das Gas und Licht abgedreht worden und brennen wir alle seitdem Petroleum und Kerzen, haben uns einen kleinen Spirituskocher gekauft und holen bei Drogist Sprit für früh Kaffee zu kochen, mal Kartoffeln, was wärmen usw. Es sind nun drei Rechnungen aufgelaufen, haben noch nicht bis jetzt abzahlen können."

Und weiter: „…wurden uns Vieren zusammen ab 1. August von der Rente lt. Notverordnung Mark 17 abgezogen, ohne das vorher ein Bescheid kam. Der Briefträger bracht gleich weniger. Da ist es doch kein Wunder, wenn man seinen Verpflichtungen auch nicht pünktlich nachkommen kann. Nun kannst Du Dir denken, wie ich bei den Einkaufsgeschäften unter den Schlitten gekommen bin, aber alle warten! Nur die „3 Glocken" (sic ein Lebensmittelgeschäft) machen Krach, sie müssen jetzt froh sein, dass Kunden kommen und was kaufen."

In diesen privaten Aufzeichnungen kommt exemplarisch die Notlage großer Teile der deutschen Bevölkerung zum Ausdruck, die u.a. einen Erklärungsansatz für das Scheitern der Weimarer Republik liefert.

Nationalsozialismus und Kriegsbeginn

Die berechtigte Sorge, die mit der Machtergreifung der Nationalsozialisten 1933 einherging, formulierte der Schriftsteller Joseph Roth in einem Brief an seinen Freund Stefan Zweig zutreffend: „Es ist gelungen die Barbarei regieren zu lassen. Machen Sie sich keine Illusionen. Die Hölle regiert."

Bereits 1936 begann die Wiederbewaffnung des Deutschen Reiches, es folgten der Austritt aus dem Völkerbund sowie die Besetzung des Rheinlandes, das nach den Versailler Verträgen nach Ende des Ersten Weltkrieges zur entmilitarisierten Zone erklärt worden war. 1938 kam es zum Anschluss Österreichs ans Deutsche Reich, und beim Münchner Abkommen wurde dem Deutschen Reich gegen den Willen der Tschechischen Republik die Annexion des Sudetenlandes ermöglicht, was die teilnehmenden Staaten Frankreich, England und Italien für eine friedenserhaltende Maßnahme hielten. Das Deutsche Reich erklärte damit seine territorialen Ansprüche für befriedigt. Der Anfang der Expansion war gemacht.

Am 1. September 1939 begann mit dem Überfall auf Polen der Zweite Weltkrieg. Auslöser war eine von den Nationalsozialisten initiierte Attacke auf den damals deutschen Rundfunksender Gleiwitz (heute das polnische Gliwice), der angeblich durch polnische Freischärler ausgeführt worden sei. Diese schamlose, verbrecherische Scharade, die von der SS gestaltet wurde, lieferte dem nationalsozialistischen Deutschen Reich einen Grund um Polen anzugreifen. So konnte Hitler in seiner im Rundfunk übertragenen Reichstagsrede Polen den Krieg erklären, indem er mitteilte: „Polen hat heute Nacht zum ersten Mal auf unserem Territorium auch mit bereits regulären Soldaten geschossen. Seit 5.45 Uhr wird zurückgeschossen."

Mit dieser Propagandalüge konnten die lange vorbereiteten Expansionsvorhaben, zunächst gen Osten, umgesetzt werden. Der begonnene Wahnsinn fand allerdings nicht nur mit einer Ausdehnung nach Osten statt, wobei die Sowjetunion, mit der ein Nichtangriffspakt bestand, Jugoslawien und Griechenland überfallen und teilweise besetzt wurden, sondern richtete sich gleichzeitig auch nach Norden, wo die deutsche Wehrmacht Norwegen und Dänemark eroberte und besetzte, sowie nach Westen, mit den Überfällen auf Belgien, die Niederlande, Luxemburg und Frankreich sowie deren Besetzung.

Das hochgerüstete Deutsche Reich ließ seine Muskeln spielen, was von Anfang an mit der Machtergreifung der Nationalsozialisten, die durch die Kooperation Hitlers mit der Großindustrie begünstigt wurde, planvolle Absicht war. Auf der einen Seite ein zu schwaches Proletariat, auf der anderen Seite ein nicht stark genug agierendes Bürgertum, dem es nicht mehr mit parlamentarischer Hilfe gelang, die kapitalistische Reproduktion zu organisieren, schafften ein politisches Vakuum, in das die faschistische Massenbewegung unter zu Hilfenahme der traditionellen Eliten stieß, denen die Verfügungsgewalt über ihre privaten Produktionsmittel versprochen wurde. Die „Krise der Parteienvertretung", so der griechisch-französische Politologe und Philosoph Nicos Poulanzas, begünstigte den Faschisierungsprozess.

Neben diesem Machtblock sollte nicht unterschätzt werden, dass das Kleinbürgertum, der Mittelstand und die riesige Anzahl an Arbeitslosen zur nationalsozialistischen Massenbewegung beigetragen und die Hitlerpartei mit stark gemacht haben. Diese beiden sozialen Kräfte haben sich prozessual auf einander zubewegt, um dann zu einer machtvollen Einheit zu werden.

Die Gebietserweiterung des Deutschen Reiches wurde nach der Kriegserklärung an Polen massiv forciert. Der Weg nach Osten schien offen, da Polen, die Ukraine und Teile Russlands schnell erobert wurden. Nach dem Angriff auf Polen erklärten Frankreich und Großbritannien Deutschland den Krieg, ohne eigentliche kriegerische Aktivitäten, so dass dies in die Geschichte als „Sitzkrieg" einging. Nun begann im Mai 1940 im Westen die kriegerische Expansion der Deutschen Wehrmacht mit der Eroberung Belgiens, Hollands und

Luxemburgs, um dann Frankreich anzugreifen. Dieser „Blitzkrieg" endete bereits im Juni 1940, als es zum Waffenstillstand mit Frankreich in Compiègne kam. Die deutsche Wehrmacht besetzte rund 60 Prozent von Frankreich und hielt diesen Zustand bis 1944 aufrecht. Erst nach der Landung der alliierten Truppen in der Normandie am sogenannten „D-Day" mussten sich die deutschen Truppen zurückziehen, so dass im August 1944 Paris von der deutschen Besatzungsmacht befreit werden konnte.

Am Zweiten Weltkrieg waren letztlich direkt oder indirekt rund 60 Staaten beteiligt. Weit über einhundert Millionen Menschen standen unter Waffen, über 60 Millionen Menschen verloren ihr Leben.

Mein Vater, bei Kriegsbeginn noch keine 14 Jahre alt, konnte zu diesem Zeitpunkt nicht erahnen, dass dieser Krieg über fünf Jahre dauern sollte und ihn unmittelbar selbst betraf. Nach einem Lehrgang bei der Motor-Hitler-Jugend zur Erlangung der Fahrerlaubnis folgte der nahtlose Übergang zur Deutschen Wehrmacht. Damit begann 1943 die direkte Konfrontation mit dem Zweiten Weltkrieg, die für den damals 17-Jährigen ein einschneidendes Ereignis darstellte.

Nach einer kurzen Infanterieausbildung begannen verschiedene Stationen, die ihn zunächst nach Polen und in die Lüneburger Heide und dann mit einer Infanteriedivision nach Dänemark und Norwegen führten, wo er Wachdienste zu leisten hatte. Kurz darauf folgten für den Obergefreiten Einsätze in Holland, Belgien und Frankreich, die beim Rückzug der Deutschen Wehrmacht im April 1945 mit einer schweren Verwundung endeten. Eine Vielzahl von Granatsplitter drangen in den Körper meines Vaters ein, die zum Teil bis ins hohe Alter noch vorhanden waren. Trotz gesundheitlicher Probleme, die mit dem Kriegseinsatz zusammenhingen, führten diese Splitter, die sich auch im Kopf befanden, glücklicherweise nicht zu größeren Schädigungen und gravierenden körperlichen Einschränkungen. Die Verletzungen bedeuteten das Ende der wehrmachtlichen Aktivitäten und führten letztlich, nach Entlassung aus dem Lazarett, in die amerikanische Kriegsgefangenschaft, aus der er im September 1945 wieder entlassen wurde.

Damit war nicht nur für meinen Vater diese grauenhafte historische Periode mit den unterschiedlichsten Folgen für den einzelnen Menschen und die darin verstrickten Länder beendet.

Jalta und das Kriegsende

S elbst im Februar 1945, bei der Kriegskonferenz in Jalta, blieben die Vorstellungen der Alliierten über die Gestaltung Nachkriegsdeutschlands diffus. Dazu trug die unterschiedliche Interessenlage der hauptkriegsführenden Großmächte, USA und Sowjetunion, bei. Nur eins stand für die Vereinigten Staaten von Amerika, vertreten durch Präsident Franklin D. Roosevelt, unumstößlich fest, die bedingungslose Kapitulation des „Deutschen Reiches". Ansonsten war er gegenüber dem sowjetischen Oberbefehlshaber Josef Stalin kompromissbereit. Der britische Premierminister Churchill hatte demgegenüber recht früh gewisse Vorstellungen, wie man sich gegenüber der Sowjetunion in Bezug auf das Deutsche Reich verhalten müsste.

Nach Kriegsende, Anfang Mai 1945, war nicht geklärt, wie es mit Deutschland weitergehen sollte. Bei der Übernahme der Regierungsgewalt der Alliierten im Juni 1945 gab es zumindest eine Einigung darüber, wie die Regelungen der Besatzungspolitik auszusehen hatten: Denazifizierung, Demilitarisierung, Demokratisierung, Demontage.

Die amerikanischen Vorstellungen wurden letztlich mit von der Sorge bestimmt, dass nach dem Untergang des Deutschen Reiches die Sowjetunion insbesondere in Mitteleuropa zur Großmacht aufsteigen könnte und dies eingedämmt werden müsste. Doch bestand keine Absicht, das kommunistische Regime der Sowjetunion stürzen zu wollen. Sowohl im amerikanischen Außenministerium als auch in militärischen sowie wirtschaftsnahen Kreisen wollte man lieber auf die eigene militärische Stärke und die Beherrschung strategisch wichtiger Gebiete auf der Erde setzen. Dies bedeutete einerseits, der Sowjetunion möglichst wenig Entwicklungsspielraum zu gewähren und andererseits den wirtschaftlichen Wert Westeuropas für den Weltmarkt zu stärken. So bestand zunächst die Absicht, Deutschland als Industriestandort in den westlichen Interessenbereich einzugliedern und, um gleichzeitig sowjetischen Expansionsgelüsten einen Riegel vorzuschieben, Deutschland als „Block" einzusetzen. Dies hätte zur Folge gehabt, dass Gesamtdeutschland ungeteilt verblieben und wiederaufgebaut worden wäre.

Die sowjetische Interessenlage war natürlich eine andere. Neben den ideologischen Vorbehalten, die zwischen einem sozialistischen und dem kapitalistischen System bestanden, wollte der sowjetische Regierungschef Stalin Gewinn aus dem Niedergang Deutschlands ziehen, d.h. er wünschte sich eine Verschiebung der russischen Grenze nach Westen. Diese sollte als eine Art Wiedergutmachung für die Kriegsschäden in Russland und gleichzeitig der Befriedigung der polnischen Entschädigungsansprüche für die Gebietsabtretungen an die

Sowjetunion dienen. Stalin wollte letztlich einen Block von Staaten zur Absicherung der Sowjetunion, die in Abhängigkeit vom sowjetischen Regime stehen sollten. Nach diesem Modell entstand der „Eiserne Vorhang", wie die Ost-Westgrenze später bezeichnet wurde.

Großbritanniens damaliger Premier, Winston Churchill, befürchtete nach der Niederlage des Deutschen Reiches eine mögliche russische Vormachtstellung auf dem europäischen Kontinent. Um die relative Machtlosigkeit Großbritanniens gegenüber der Sowjetunion zu kompensieren, war sein politisches Ziel, die USA an Westeuropa zu binden. Er wollte auch Teile der deutschen Wirtschaftskraft erhalten. Diese Zielsetzungen entsprachen in Teilen den amerikanischen Vorstellungen über die Gestaltung Nachkriegsdeutschlands.

Die Nachkriegsrolle Frankreichs wurde bei der Konferenz von Jalta protokollarisch festgelegt. So wurde Frankreich aufgefordert, eine Besatzungszone zu übernehmen und als vierte Kontrollmacht zu fungieren. Die Grenzen dieser Besatzungszone sollten im gegenseitigen Einvernehmen durch die vier Regierungen festgelegt werden.

Die Grundsätze einer Besatzungspolitik wurden in der so bezeichneten Direktive CCS 551 festgelegt. Darin sollte der Umgang mit der deutschen Bevölkerung, die Aufrechterhaltung von Recht und Ordnung, die

Garantie zur freien Meinungsäußerung und die Förderung von Gewerkschaften sowie der Aufbau einer Selbstverwaltung geregelt werden.

Gegen diese freiheitlich demokratischen Garantien wandte sich allerdings der amerikanische Finanzminister Henry Morgenthau, der den Deutschen aufgrund ihrer Geschichte einen aggressiven Nationalcharakter bescheinigte und dies zum Anlass nahm, vorzuschlagen, dass die gesamte deutsche Rüstungsindustrie zu vernichten wäre. Zudem forderte er die Abtretung Ostpreußens, des südlichen Schlesiens, des Saarlandes sowie von Gebieten zwischen Mosel und Rhein. Außerdem sollte das Deutsche Reich in zwei Teile geteilt werden und der Lebensstandard der Deutschen deutlich gesenkt werden.

Trotz kurzfristiger Zustimmung des amerikanischen Präsidenten Roosevelt wurde der „Morgenthau-Plan" vom amerikanischen Außenministerium abgemildert und nur teilweise umgesetzt. Die Deutschlandfrage war jedoch weiter offen, d.h. es gab noch keine Einigung zwischen den USA und Großbritannien auf der einen Seite und der Sowjetunion auf der anderen, wie es tatsächlich mit Deutschland weitergehen sollte. Deshalb hatte Präsident Roosevelt große Hoffnungen auf die Jalta-Konferenz gesetzt. Da große Teile Osteuropas von der Sowjetunion besetzt wurden, die sich wenig kooperativ zeigte, beschloss man zumindest feste Zonengrenzen, wobei auch Frankreich im Westen und Südwesten eine Zone zugesprochen bekam.

Ein weiterer Konfliktpunkt zwischen den Alliierten Mächten war das Ruhrgebiet, da damit unterschiedliche Interessen verbunden waren. Die „Waffenschmiede des Reiches" sollte, dies wollte nicht nur Morgenthau, unbedingt zerschlagen werden. Frankreich sah im Ruhrgebiet ein Bedrohungspotential, das unbedingt internationaler Kontrolle unterstellt werden müsste. Amerikanische Diplomatie entschärfte die Sorgen des französischen Präsidenten Charles De Gaulle mit der Argumentation, dass Deutschland unter alliierter militärischer Kontrolle stünde und eine eventuelle Abtrennung des Ruhrgebietes von Deutschland zu einem neuen deutschen Nationalismus führen könnte.

Nun sollte die Konferenz von Potsdam zu Lösungen führen, die bisher nicht erreicht wurden. Die komplette Besetzung des Deutschen Reiches erforderte schnelle Lösungen zur Handhabung der einzelnen Militärregierungen in den vereinbarten Zonen.

Konferenz von Potsdam und die Folgen

Im Juli 1945 bei der Konferenz von Potsdam offenbarten sich die unterschiedlichen Vorstellungen und Konzepte der alliierten Besatzungsmächte über eine gemeinsame Deutschlandpolitik. Das Deutsche Reich war vollständig besetzt und die einzelnen Militärregierungen benötigten dringend verbindliche Richtlinien. Die Sowjetunion hatte mit der Rückgabe von Gebieten östlich der Oder und Neiße an Polen bereits vollendete Tatsachen geschaffen. Zudem forderte die Sowjetunion 20 Milliarden Reichsmark an Reparationszahlung, was den Verlauf der Konferenz erschwerte, weil dies das amerikanische und englische Konzept der wirtschaftlichen Einbindung Deutschlands in den westlichen Interessenbereich zunichte gemacht hätte. Die wirtschaftliche Katastrophe in Mitteleuropa wäre vorprogrammiert gewesen.

Zudem hatte sich das politische Klima nach dem Tod von Präsident Roosevelt deutlich geändert, was zu einem härteren Vorgehen gegenüber der Sowjetunion führte. Dieser neue, die Konferenzbedingungen erschwerende, amerikanische Kurs, wurde auch vom neuen englischen Premierminister Clement Attlee forciert, der eine unerbittliche Haltung gegenüber Stalins Ansinnen, das Ruhrgebiet mit zu kontrollieren, einnahm. So brachen die Widersprüche der Verhandlungspartner offen aus und beeinflussten die Regelung zur deutschen Frage.

Bei den Alliierten bestand weitgehende Uneinigkeit über die zukünftige Gestaltung Deutschlands. So kam es zunächst zum Minimalkonsens, dass der Nationalsozialismus und der deutsche Militarismus ausgemerzt werden muss. Wie eine demokratische deutsche Gesellschaft, in der Parteien und Parlamentarismus Einzug halten sollten, aussehen sollte, gab es noch keine konkreten Vorstellungen. In ökonomischen Fragen einigte man sich auf die Entflechtung von Konzernen, Syndikaten und Kartellen. Zudem sollte die Entwicklung der Landwirtschaft forciert werden. Hier spielte sicherlich die im Morgenthau-Plan vorgesehene Umwandlung des Deutschen Reiches in ein Agrarland eine Rolle, damit Deutschland nie wieder einen Angriffskrieg würde führen können.

Einigkeit herrschte über die Festlegung der Aussiedlung von Deutschen aus Ungarn, der Tschechoslowakei und Polen. In der Konferenz von Potsdam gab es noch keine Überlegungen hinsichtlich einer Teilung Deutschlands. Die neuen deutschen Grenzen sollten erst nach Abschluss eines Friedensvertrages definiert werden. Kurz nach der Potsdamer Konferenz entwickelte sich dieser Gedanke jedoch in eine andere Richtung, da es zu Spannungen zwischen den Westmächten und der Sowjetunion kam, die durch andere territoriale Konfliktlinien ausgelöst wurden. Es ging im Wesentlichen um die Lage in China, dem Iran und dem Balkan.

Zwischenzeitlich verfuhr jede der vier Besatzungsmächte auf ihrem Gebiet nach eigenen Vorstellungen, was einer einheitlichen Politik im Wege stand. Allmählich verlor das militärische Bündnis gegen Hitler-Deutschland seinen Zusammenhalt. Während im Osten Deutschlands die sowjetische Besatzungsmacht die Kontrolle übernommen hatte, wurde der Norden bis hin zum Ruhrgebiet britisch verwaltet. Die französische Zone bestand ebenfalls aus Teilen des heutigen Nordrhein-Westfalens und Rheinland-Pfalz sowie dem Saarland und aus Bereichen Süddeutschlands. Amerikanisch besetzt wurden Hessen, Bayern und andere Teile Süddeutschlands. Die Reichshauptstadt Berlin erhielt einen Sonderstatus, hier wurde die Stadt in vier Sektoren aufgeteilt, damit alle vier Besatzungsmächte Zugriff hatten.

Entscheidend war für die Neuordnung Deutschlands der Rückzug der amerikanischen Truppen aus Mitteldeutschland, die auf Druck der Sowjetunion ihre hoheitlichen Gebiete, die im Süden sogar bis zur Tschechoslowakei reichten, aufgaben.

Ab dem 5. Juni 1945 übernahm ein Kontrollrat, der sich aus den Oberbefehlshabern der vier Besatzungsmächte zusammensetzte, die völlige Regierungsmacht über Deutschland. Dieser Kontrollrat funktionierte nicht problemlos, weil es darum ging, eine einheitliche Linie zu verfolgen, was sich schwer gestalten ließ, da in den einzelnen Zonen die jeweilige Besatzungsmacht ihre eigenen Vorstellungen umsetzen wollte. Ein koordiniertes Vorgehen gestaltete sich immer schwieriger, denn die unüberbrückbaren Gegensätze der vier Siegermächte führten zu unterschiedlichem Vorgehen, was den Wiederaufbau Deutschlands betraf.

Während sich die westlichen Besatzungsmächte uneins waren über die Gestaltung ihres Hoheitsbereichs, gab es von der sowjetischen Besatzungsmacht klare Vorgaben für die Gestaltung ihres Bereichs. Sie bildeten mit Brandenburg, Mecklenburg-Vorpommern, Sachsen, Sachsen-Anhalt und Thüringen fünf neue Länder, die ab 1947 von einer zentralen Verwaltung aus regiert wurden. Dagegen wollte Frankreich einen losen Staatenbund, forcierte eine dezentralisierte Verwaltung und entschied sich gegen die im Kontrollrat beschlossenen Zentralisierungsbestrebungen. Die britische Militärregierung setzte bei ihrer Deutschlandpolitik auf die Konzepte und Entwicklungen der Weimarer Republik, konnte sich aber auch ein englisches Modell mit 30 bis 40 Grafschaften vorstellen. Die Amerikaner wiederum installierten in ihrer Zone ein föderatives System nach amerikanischem Vorbild und unter Berücksichtigung der bereits vorgefundenen Verhältnisse.

Die Festschreibung der territorialen Nachkriegsverhältnisse und damit im Vorgriff die Teilung Deutschlands begann bereits mit der Londoner Konferenz im September 1944, als die „Ostzone" der Sowjetunion zugesprochen wurde und das „Berlin-Gebiet" seinen Sonderstatus erhielt.

Schwierige ökonomische Bedingungen erschwerten nicht nur den alliierten Militärverwaltungen das Leben, sondern auch der deutschen Bevölkerung. Es gab weder einen geregelten Personen-, Waren- und Leistungsverkehr noch einen ausreichenden Wirtschaftsaustausch zwischen Deutschland und seinen unmittelbaren Nachbarn. Der in vielen Städten zerstörte Wohnraum und der Zuzug von 12 Millionen Flüchtlingen führte zu erheblicher Wohnungsnot, es fehlte an Kleidung und Verbrauchsgütern. Die offizielle tägliche Kalorienzufuhr in dieser Zeit lag deutlich unter den Vorgaben, die die Vereinten Nationen für nötig erachteten. Hungerödeme und Unterernährung waren an der Tagesordnung. Ein ausgiebiger Schwarzhandel setzte zur Befriedigung von Grundbedürfnissen ein, der Tausch Ware gegen Ware war allgegenwärtig. Zum Teil speiste sich dieser rege Tauschhandel aus alten staatlichen Beständen, aber auch aus Depots der Besatzungsmächte, deren Personal sich korrumpieren ließ. Es entstanden eigene „Währungssysteme", wie z.B. die „Zigarettenwährung".

Unter diesen Umständen konnte eine wirtschaftliche Neuorientierung und Entwicklung weder in Deutschland noch im gesamten Westeuropa, wie es vor allem im Interesse der amerikanischen Politik lag, gelingen, zumal die Sowjetunion noch erhebliche Reparationsforderungen stellte.

Da eine Vereinigung sämtlicher Zonen aufgrund sowjetischer und französischer Einwände nicht möglich war, einigten sich die britische und die amerikanische Militärverwaltung auf ein territoriales Zusammengehen. Die überaus positive politische Entwicklung in den westlichen Zonen mit einer Erneuerung demokratischer Strukturen - insbesondere der Wiederbelebung der politischen Parteien - deckte sich mit den Vorstellungen der westlichen Alliierten, was letztlich zur Gründung der Bundesrepublik Deutschland mit beitragen sollte.

Im April 1947 tagte in Moskau die Außenministerkonferenz der alliierten Siegermächte, wo zunächst eine überraschend schnelle Lösung hinsichtlich einer gesamtdeutschen Verwaltung gefunden wurde. Doch es kam zum Konflikt zwischen Frankreich, das sich aufgrund seiner Staatenbundtheorie gegen eine deutsche Zentralverwaltung wandte, und der Sowjetunion, die auf die Potsdamer Erklärung verwies, in der dies vorgesehen war. Die Sowjetunion forderte, die Befugnisse der Länder an eine zentralgesteuerte Verwaltung zu übergeben. In diesen Entscheidungsprozess sollten auch Parteien und antifaschistische Organisationen mit einbezogen werden. Dies wiederum widersprach den amerikanischen Vorstellungen. Zudem forderte die Sowjetunion Kontrolle über das Ruhrgebiet, was von britischer Seite abgelehnt wurde. So scheiterte diese Konferenz an den unüberbrückbaren Gegensätzen der Alliierten. Dieses Scheitern kann als Beginn des „Kalten Krieges" bezeichnet werden.

Das Scheitern veranlasste die amerikanischen und britischen Verwalter, den Ausbau ihrer bizonalen Einrichtungen zu forcieren. Ohne Frankreich und die Sowjetunion sollte nun die westliche Industrieproduktion reanimiert werden. Trotz dieser Bemühungen, in die auch der neugegründete deutsche Wirtschaftsrat eingebunden wurde, erreichte die Versorgungskrise Ende 1947, Anfang 1948 ihren Höhepunkt. Es gelang nicht, die Versorgungslage der deutschen Bevölkerung zu verbessern.

Der in der Folge von den USA initiierte Marshall-Plan zur Linderung der Not der europäischen Bevölkerung verstieß gegen die Vorstellungen der sowjetischen Besatzungsmacht. Andererseits sorgten sich die westlichen Alliierten über das Vorgehen der Sowjetunion in den osteuropäischen Ländern, selbst einen weiteren Vorstoß der sowjetischen Armee nach Westeuropa schlossen sie nicht aus. Die daraus resultierenden Spannungen zwischen Ost und West führten bei den Westmächten zur territorialen Absicherung ihrer Einflussbereiche, was letztendlich auf die Gründung eines Weststaates hinauslief. Fiskalisch konkret wurde dies bereits mit der Währungsreform, als die bereits wertlose alte Reichsmark und die alliierte Militärmark in den drei Westzonen durch die D-Mark abgelöst wurden. Die Einführung der Marktwirtschaft, die nicht generell auf Zustimmung traf, war als ein weiterer Baustein durch die westlichen Besatzungsmächte geschaffen worden. Damit war das künftige Gesellschaftsmodell im westlichen Teil von Deutschland vorbestimmt.

Letztlich führte der Zusammenbruch Deutschlands nicht nur zu materiellen Problemen bei der Bevölkerung, sondern zu einer moralischen Schieflage, die Normen und Werte in Frage stellte. Die Auflösung der sozialen Strukturen beinhaltete zum einen den weitgehenden Verlust des Mittelstandes und zum anderen entstand ein Heer aus Verelendeten, wie Flüchtlinge, Vertriebene, Obdachlose durch Ausbombung und Evakuierte. Andererseits gab es gewisse Sicherheiten bei einer Gruppe von Menschen, die in dieser Nachkriegsgesellschaft privilegiert waren. Insbesondere die Landwirte und Handwerker, aber auch Schwarzhändler konnten in diesem gesellschaftlichen Chaos besser überleben. Auf diese gesellschaftliche Konstellation traf nicht nur mein Vater nach seiner Entlassung aus der Kriegsgefangenschaft.

Rückkehr vom Krieg und Neubeginn

Am 19. Juni 1945 wurde mein Vater im Alter von nicht einmal 20 Jahren aus amerikanischer Kriegsgefangenschaft entlassen, was ihm das Headquarter des XXI US-Corps bescheinigte.

Im Certificate of Discharge (Entlassungsschein) wird unter Punkt II (Medical Certificate) auf verschiedene Verletzungen, wie „Narbe am Hinterkopf" (Distinguishing) und „Zustand nach Schädelverletzung" (Disability, with Description) sowie unter Medical Category: „vorläufig beschr. Arbeitsfähig" hingewiesen. Dies wurde vom Medical Officer autorisiert.

Entsprechend ernüchtert als Kriegsverletzter mit dreimaliger Verwundung kehrte mein Vater aus amerikanischer Kriegsgefangenschaft aus Naumburg nach Leipzig zurück. Er fand eine teilausgebombte und verlassene Wohnung vor, denn die Geschwister waren dienstverpflichtet oder wegen der Bombardierung evakuiert. Die Mutter war zu der älteren, in Österreich lebenden verheirateten Tochter gezogen, um dem kriegsbedingten Chaos zu entgehen.

Als ehemaliger Wehrmachtsangehöriger wurde mein Vater in seiner Freizeit - auch am Sonntag - zum Arbeitseinsatz durch die sowjetische Militäradministration verpflichtet. Vom Arbeitsamt wurde ihm die Stelle eines

„Demonteurs" zugewiesen, damit konnte er die nötigsten finanziellen Verpflichtungen erfüllen. Die damit einher gehenden Strapazen, krankheitsbedingte Schwächen, Hungersnot und Kriegsverletzungen blieben nicht ohne Folgen.

Sehr viele Arbeitskräfte wurden von der sowjetischen Militäradministration zum Uranabbau nach Aue im Erzgebirge beordert. Diese Zwangsverpflichtungen trieben schon damals viele zur Flucht in die westlichen Sektoren. Als mein Vater die „Einberufung" nach Aue zum Uranabbau bekam, spielte er ebenfalls bereits mit dem Gedanken an eine Flucht aus seiner Heimatstadt. Seine Weigerung, wegen seines Gesundheitszustandes untertage zu arbeiten, führte zu einer amtsärztlichen Untersuchung, die zunächst, glücklicherweise, mit der Einweisung in ein Krankenhaus endete.

Das dort festgestellte Krankheitsbild führte zur Anerkennung als Schwerkriegsbeschädigter, so dass eine Arbeit im Bergbau nicht mehr in Frage kam. Nach der Entlassung aus dem Krankenhaus bot das Arbeitsamt Leipzig meinem Vater eine interne Stelle als Kurierfahrer an, die er freudig akzeptierte.

Für die Stelle als Kurierfahrer wurde jedoch eine politische Unbedenklichkeitsbescheinigung verlangt, die von einer der bestehenden „Arbeiterparteien" ausgestellt werden musste. Der Erwerb dieser Bescheinigung war allerdings mit der Mitgliedschaft in einer solchen Partei verbunden. Daraufhin trat mein Vater in die Sozialdemokratische Partei Deutschlands (SPD) ein. Die Unbedenklichkeit wurde bescheinigt, nachdem klar war, dass die Mitwirkung meines Vaters im Nationalsozialismus sich ausschließlich auf die Jugendorganisationen beschränkte.

Damit konnte er seine erste Nachkriegsarbeitsstelle antreten, die zumindest für eine Überbrückung zur Existenzsicherung sorgte. Die Mitgliedschaft in der SPD führte später, nach deren Zusammenschluss mit der Kommunistischen Partei Deutschlands (KPD), auf direktem Wege in die neue Sozialistische Einheitspartei Deutschlands (SED).

Das Interesse meines Vaters an der SED oder an einem Mitwirken innerhalb der Partei war gering, von Distanziertheit geprägt. Er bezeichnete sich selbst als politisch naiv und völlig unerfahren.

In der neugegründeten Volkshochschule qualifizierte sich mein Vater kaufmännisch weiter, was ihm innerhalb der Arbeitsverwaltung eine Anstellung in der Arbeitsschutzinspektion einbrachte. Diese Inspektionsabteilung war im Rahmen der staatlich-demokratischen Neuorganisation dem Arbeitsamt zugeordnet worden.

Innerhalb dieser Organisationseinheit entwickelten sich zwei verschiedene Gruppen. Während sich die eine rein fachlich herausbildete, rekrutierte sich die zweite Gruppe aus politischen Kräften. Der politisch repressive Druck in den städtischen und staatlichen Organisationen, aber auch in den Betrieben, nahm ständig zu - so zumindest mein Vater -, was sein zunehmend ablehnendes Verhalten gegenüber der politischen Einflussnahme begründete. Es kam zu verleumderischen Vorwürfen, die zu seiner Entlassung aus dieser Abteilung der Arbeitsverwaltung führten.

Zwischenzeitlich war die Mutter meines Vaters aus Österreich zurückgekehrt, da alle ehemaligen Reichsdeutschen das Land verlassen mussten. Da sie zunächst keine Rente erhielt, weil ihre privatversicherte Rente gesperrt blieb, musste mein Vater für ihren Unterhalt aufkommen, was ihn zum Verbleiben veranlasste, verbunden mit der Hoffnung, dass eines Tages alles besser würde.

Aufgrund seiner Schwerbeschädigung hatte er das Glück, eine neue Stelle beim Grundbuchamt - Vermessungsabteilung - beim Rat der Stadt Leipzig zu erhalten. Auch hier begann die politische Kontrolle überhand zu nehmen, so dass mein Vater um Versetzung innerhalb der städtischen Verwaltung bat. In der Abteilung Volksbildung wurde er als Sachbearbeiter der Kreisbildstelle beschäftigt. Diese Tätigkeit bereitete ihm Freude, war aber wie überall mit politischem Engagement verbunden. So schrieb mein Vater: „Es war töricht von mir anzunehmen, daß ich dort bezüglich der Parteipolitik und vielen Dingen entrückt wäre." Und: „Allerdings stellte es sich auch bald heraus, daß mein Makel meiner politischen Einstellung und Interessenlosigkeit hierher verfolgte." Ein Abteilungsleiter, ein überzeugter SED-Funktionär, wusste um die ‚politische Unzuverlässigkeit' meines Vaters und erschwerte ihm sein Arbeitsleben. Er meldete ihn an den Straßengruppenbeauftragten in seinem Wohnbezirk zur besonderen Beobachtung.

Der Straßengruppenbeauftragte hatte, wie der Hausbeauftragte, eine gewisse Spitzelfunktion. Er musste Menschen, die vom sozialistischen Einheitsleben abwichen, der Arbeitsstelle und der Parteileitung melden. So konnte man mit der totalen sozialen Kontrolle ein Überwachungssystem errichten, um sicher zu gehen, dass die Menschen im Sinne des Systems funktionierten. Die Meldungen bezogen sich beispielsweise auf Nichtbeflaggung der Wohnung, Postverkehr mit dem kapitalistischen Ausland oder Reisen nach Berlin. Später wurde auch überprüft, inwieweit „Westfernsehen" oder entsprechende Rundfunksender gehört bzw. empfangen wurden.

Die ständigen Repressionen machten meinem Vater erheblich zu schaffen, so dass er seelisch erschöpft war. Eine Reise nach Westberlin wurde aktenkundig, was mit weiterem politischen Druck verbunden wurde, u.a. wollte man ihn zum ‚freiwilligen Beitritt' in die Nationale Volksarmee (NVA) zwingen, was für einen nicht Wehrpflichtigen und zudem Schwerkriegsbeschädigten ein abenteuerliches Unterfangen darstellte.

Das Arbeitsleben wurde unerträglich, weil ständig öffentliche Demütigungen im Kollegenkreis stattfanden, Gehaltsforderungen abgelehnt wurden und privates Fehlverhalten angeprangert wurde - Berlinreise, keine Beflaggung der Wohnung, Versagen bei der Hausaufklärung und der allmorgendlichen Zeitungsschau -, um nur einige Beispiele zu nennen.

Im Juni 1953, nach den Aufständen in der DDR, kam es zu einer gewissen innenpolitischen Entspannung, die allerdings nicht sehr lange anhielt. Die Schwierigkeiten am Arbeitsplatz und im Privatbereich begannen wieder Fahrt aufzunehmen, so dass der Entschluss meines Vaters langsam reifte, die DDR zu verlassen.

1949 - Ein historischer Wendepunkt

Im Jahr 1949 begann für das Nachkriegsdeutschland ein historisch neuer Abschnitt. Während in den von der sowjetischen Armee kontrollierten Gebieten das neue deutsche Staatsgebiet der Deutschen Demokratischen Republik (DDR) entstand, wurde im westlichen Teil Deutschlands unter Mitwirkung der alliierten westlichen Siegermächte - USA, Großbritannien und Frankreich - die Bundesrepublik Deutschland (BRD) gegründet.

Die Gründung der beiden deutschen Staaten im Mai und Oktober 1949 war zwar die Folge und das Ergebnis des Zweiten Weltkrieges, aber unterlag keiner ursprünglichen Planung, weder von den westlichen Alliierten noch von der Sowjetunion. Zwar trugen die unterschiedlichen politischen und wirtschaftlichen Konzepte der alliierten Staaten, die ihren gewonnenen Einflussbereich behaupten wollten, mit zu dieser Spaltung bei, doch lag deren Ursache hauptsächlich in der deutschen faschistischen Wahnvorstellung, die Welt zu unterwerfen.

In der 1947 vor dem amerikanischen Kongress gehaltenen Rede des damaligen Präsidenten Truman wurde die Kritik an der deutschen Unterwerfungspolitik deutlich: „Es ist eines der Hauptziele der Außenpolitik der Vereinigten Staaten, Bedingungen zu schaffen, die es uns und anderen Nationen ermöglichen, eine Lebensform zu gestalten, die frei ist von Zwang." Und weiter: „Unser Sieg wurde über Länder errungen, die versuchten, anderen Nationen ihren Willen und ihre Lebensform aufzuzwingen." Inwieweit diese Positionen Trumans heute noch für die amerikanische Außenpolitik gelten, ist zumindest fraglich.

Die wirtschaftliche und politische Entwicklung in den besetzten Zonen verlief sehr verschieden. In den westlichen Sektoren wurde diese Entwicklung hauptsächlich durch die amerikanischen Bemühungen forciert, ein Wirtschafts- und Sozialsystem entstehen zu lassen, welches den Aufbau Deutschlands zur Stabilisierung Europas zum Ziel hatte. Dagegen wollte die sowjetische Führung unter Stalin den Einflussbereich der westlichen Alliierten in Mitteleuropa eher zurückdrängen. So wurde der für Gesamteuropa vorgesehene „Marshall-Plan" der amerikanischen Regierung von sowjetischer Seite abgelehnt.

Das damalige Berlin stellte ein Spiegelbild der Vier-Zonen-Regelung dar, indem alle vier Siegermächte vertreten waren. Die westlichen Alliierten trieben 1948 mit der beschlossenen Währungsreform ihr Wirtschaftskonzept in ihren Zonen zügig voran, was von der sowjetischen Regierung nicht akzeptiert wurde. Die Folge bzw. die Gegenmaßnahme war eine komplette Wirtschaftsblockade des westlichen Sektors von Berlin auf dem Landweg.

Da die alliierten Mächte vereinbart hatten, dass die Luftwege in Deutschland für alle frei sein sollten, entschied der amerikanische Präsident Truman mit dem dafür verantwortlichen General Lucius D. Clay, dass Berlin über eine Luftbrücke zu versorgen sei. So wurde die Berlinblockade von Mitte 1948 bis zum Mai 1949 durch den Luftweg ausgehebelt und die wirtschaftliche Versorgung der Berliner Bevölkerung im westlichen Sektor sichergestellt.

Auch die politische Entwicklung im westlichen Teil Deutschlands beschleunigte den Trennungsprozess vom östlichen Teil. Seit 1948 arbeitete ein „Parlamentarischer Rat", bestehend aus 65 delegierten Mitgliedern der einzelnen Länderparlamente in den westlichen Besatzungszonen, an einer vorläufigen Verfassung (Grundgesetz). Im Mai 1949 wurde das Grundgesetz verabschiedet und die Gründung der Bundesrepublik damit vollzogen. Im August erfolgten bereits die ersten Wahlen zum neugegründeten Bundestag und im September 1949 nahm die erste bundesrepublikanische Regierung unter Bundeskanzler Konrad Adenauer die Amtsgeschäfte auf. Die Regierungskoalition wurde aus den drei Parteien CDU/CSU und der FDP gegründet. Damit wurden Fakten geschaffen, die einen Zusammenschluss aller deutschen Zonen nur noch schwer möglich gemacht hätten, zumal die Differenzen zwischen den westlichen Alliierten und der sowjetischen Regierung als Gegenpart zu groß waren, um sich noch auf ein Gesamtdeutschland zu einigen.

So zog die sowjetische Führung nach und ermöglichte auf dem Gebiet der sowjetischen Besatzungszone im Oktober 1949 die Gründung der Deutschen Demokratischen Republik (DDR). Der Deutsche Volksrat, der bis dahin das oberste Gremium war, wurde zur temporären Volkskammer umgebildet, da noch keine Wahlen stattgefunden hatten. 1950 gab es die ersten Wahlen zur Volkskammer. Der erste Ministerpräsident der DDR hieß Otto Grotewohl und Walter Ulbricht wurde zum Ersten Sekretär des Zentralkomitees (ZK) bestellt, welches das oberste politische Entscheidungsgremium darstellte. Der Erste Sekretär war gleichzeitig der Vorsitzende des Politbüros. Damit war die in der DDR-Verfassung verankerte Vormachtstellung der Sozialistischen Einheitspartei Deutschlands (SED) gesichert, da der Posten des Ersten ZK-Sekretärs und der Vorsitz des Politbüros in einer Hand lagen. Zudem standen die Mitglieder des Zentralkomitees in der Entscheidungshierarchie über den Ministerien der DDR-Regierung, diese waren ihnen gegenüber weisungsbefugt.

Damit war die Trennung Deutschlands endgültig vollzogen. Die DDR wurde in das östliche Bündnis einbezogen, während die Bundesrepublik in die westliche Staatengemeinde integriert wurde.

1953 - Unbehagen in der DDR

Der am 17. Juni 1953 eskalierende Widerstand der durch Überforderung und Unterversorgung gereizten Arbeiterschaft wurde mit Hilfe der sowjetischen Besatzungsmacht brutal niedergeschlagen. Neben getöteten Demonstranten gab es zahlreiche Verhaftungen, die mit erheblichen Gefängnisstrafen oder teilweise sogar mit der Todesstrafe geahndet wurden. Hier zeigte das DDR-Regime erstmalig sein wahres Gesicht. Die Härte der Strafen begründete man damit, dass diese Unruhen durch westliche Agenten initiiert worden seien, die den ersten sozialistischen Staat auf deutschem Boden zum Umsturz bringen wollten.

Mitte des Jahres 1952 fand die 2. Parteitagskonferenz der Sozialistischen Einheitspartei Deutschlands (SED) statt, die bereits 1946 durch einen Zusammenschluss von KPD und SPD gebildet worden war. Im Gründungsjahr der DDR 1949 bestand unter der SED-Führung ein Blockbündnis, die „Nationale Front", in der sämtliche anderen vorhandenen Parteien (u.a. die CDU oder die LDPD) sowie alle Massenorganisationen integriert wurden.

Auf dieser Parteikonferenz wurden in Abstimmung mit der Führung der Sowjetunion weitreichende Maßnahmen beschlossen. Die damalige Staats- und Parteiführung der DDR - Wilhelm Pieck, Parteivorsitzender und Präsident der DDR, Walter Ulbricht, Generalsekretär der SED, und Ministerpräsident Otto Grotewohl - hatte sich mit Josef Stalin, dem Generalsekretär der Kommunistischen Partei der Sowjetunion (KPdSU) darüber geeinigt, dass es Zeit würde, den sozialistischen Staat auf deutschem Boden voranzutreiben und aufzubauen. So kam diese Parteikonferenz zu ihrem Motto „Aufbau des Sozialismus", mit weitreichenden Folgen für die DDR-Gesellschaft. Ein Ende der pazifistischen Phase sollte mit dem Umbau der kasernierten Volkspolizei (KVP) zur Volksarmee eingeleitet werden, betriebliche Enteignungen stattfinden und die Kollektivierung der Landwirtschaft in landwirtschaftliche Produktionsgenossenschaften, sogenannte LPGs, in Anlehnung an die sowjetischen Kolchosen vorangetrieben werden.

Die neue Politik der Militarisierung und Enteignung von Grund und Boden und der Produktionsmittel blieb nicht ohne Folgen für die staatliche Neugründung. Die militärische Aufrüstung diente zur Stabilisierung und territorialen Absicherung, während nahezu die gesamte Volkswirtschaft verstaatlicht wurde und insbesondere der Schwerindustriesektor auf „Volkseigene Betriebe" und die Landwirtschaft auf Produktionsgenossenschaften umgestellt wurden.

Eine weitere Maßnahme war die Auflösung der fünf Länder Brandenburg, Mecklenburg-Vorpommern, Sachsen, Sachsen-Anhalt und Thüringen und somit auch die Auflösung der Landtage und Landesregierungen, um zukünftig in 14 neu zu schaffenden Bezirken, zentralistisch von Ost-Berlin aus, Einfluss nehmen und regieren zu können. Damit waren sämtliche föderalistischen Strukturen zerstört. Verbunden waren sämtliche Maßnahmen mit dem Anspruch, dass es eine deutsche Einheit nur im Rahmen eines sozialistischen Staates geben könnte.

Die staatliche Umstrukturierung, der Aufbau des Sozialismus, stieß auf Probleme, die zu Lasten der Bevölkerung gingen. Die besondere Förderung der Schwer- und Rüstungsindustrie erfolgte auf Kosten der Konsumgüterproduktion. Die Folge war eine Mangelversorgung mit den alltäglich notwendigen Konsumgütern. Die Militärausgaben wuchsen durch den Ankauf sowjetischer Waffen. Der Aufbau der Volksarmee band „human capital", welches dann in der Produktion fehlte. Der Ministerpräsident Grotewohl berichtete im Ministerrat der DDR von Versorgungsschwierigkeiten. Mit einer repressiven Vorgehensweise wurde der Versuch unternommen solche Schwierigkeiten aus dem Weg zu räumen, indem eine Enteignungskampagne gegen den Mittelstand geführt wurde. Einzel- und Großhändler, Gaststätten- und Hotelbesitzer sowie Fuhrunternehmer und Kleinbetriebe aller Art wurden enteignet, teilweise die

Inhaber wegen „Verbrechen gegen Abgabenverordnung" bestraft.

Dennoch gab es eine Vielzahl von größeren Agrarbetrieben, die sich nicht in die Genossenschaften integrieren wollten. Ab Ende 1952 wurde auf diese „Großbauern" immer mehr staatlicher Kollektivierungsdruck ausgeübt, um die LPGs zu stärken.

Die Verstaatlichung der Produktionsmittel war die eine Seite der sozialistischen Idee, die andere war die Umerziehung der Menschen, sie konformistisch für eine sozialistische Einheitsgesellschaft zu erziehen. Dabei scheute man nicht vor restriktiven Methoden zurück, die bald an der Tagesordnung waren und die häufig die innere Emigration der Menschen förderten sowie die Distanz zu Staat und Gesellschaft forcierten.

Dieses Unbehagen, das bereits 1953 viele Menschen in der DDR befiel, hörte niemals auf und fand im Jahre 1989 sein Ventil, als die Mehrheitsgesellschaft der DDR der SED-Funktionärsaristokratie ihre Gefolgschaft versagte.

Flucht in den „Westen"

Zwischen 1949 und 1990, dem Ende der DDR, haben etwa 3.8 Millionen Menschen ihr „Vaterland", die Deutsche Demokratische Republik, verlassen. Dafür gab es unterschiedliche und meist gute Gründe, die auch meine Eltern veranlassten, dem DDR-Sozialismus den Rücken zu kehren. Nach dem Statistikportal statista lebten im Jahr 1949 rund 18.8 Millionen Menschen in der DDR, deren Einwohnerzahl sich allerdings ständig verringerte. Bereits im Jahre 1955, dem Fluchtjahr meiner Eltern, hatte die DDR eine Million Menschen verloren. 1975 gab es eine weitere Million DDR-Bürger weniger, erstmalig wurde damit die Siebzehnmillionengrenze unterschritten. Im Jahr 1989, dem Fall der innerdeutschen Grenze, lebten noch 16.4 Millionen Menschen in der DDR.

Allerdings kehrten in diesem Zeitraum von 41 Jahren auch ca. 400.000 Menschen in ihr Heimatland DDR zurück, was immer für Beweggründe dafür ausschlaggebend waren. Die DDR hatte auch externen Zuzug, der unterschiedlich motiviert war. Man denke beispielsweise an Angela Merkel, die gegenwärtige Bundeskanzlerin der Bundesrepublik Deutschland, deren Vater als Pfarrer eine kirchliche Gemeinde in der DDR übernahm, oder an den Liedermacher Wolf Biermann, der aus einem vom Kommunismus überzeugten Elternhaus kam und beim Aufbau eines sozialistischen Staates mitwirken und helfen wollte.

Um diese „Landflucht" einzudämmen, wurden bereits Anfang der 50er Jahre Maßnahmen getroffen, die ein Verlassen der Sowjetischen Besatzungszone (SBZ), wie das Territorium der DDR damals genannt wurde, deutlich erschwerte. Grenzbefestigungen und Androhung von Strafen bei nicht gemeldeter Aufgabe der DDR-Staatsbürgerschaft sollten zur Stabilisierung und zur Abschottung gegenüber der „faschistischen" Bundesrepublik beitragen. Eindeutiger Höhepunkt dieser Einigelungstaktik war der Bau der „Berliner Mauer" und der weitere Ausbau der Grenzanlagen, die ein Verlassen der DDR ohne Genehmigung fast völlig unmöglich machte. Die illegalen und gewaltsamen Fluchtversuche endeten an der sogenannten „Zonengrenze" häufig tödlich. Dies war der Tatsache geschuldet, dass die Grenzen massiv bewacht, bzw. ein regelrechter „Todesstreifen" aufgebaut wurde, an dem mit Tötungsanlagen und Schusswaffengebrauch den Fluchtversuchen ein Ende gesetzt werden sollte. Die Radikalität, mit der ein Verlassen des Landes nahezu unmöglich gemacht wurde, erinnert an die schwere Bewaffnung von Gefängnisaufsehern. So nahm eine Vielzahl von DDR-Bürgern ihren sozialistischen Staat dann auch wahr.

„Tu was fürs Vaterland - wandere aus." Dieser Sponti-Satz könnte als Motto für die Flucht vieler Menschen

Mitte der 50er Jahre aus der DDR in die Bundesrepublik Deutschland herhalten, so auch für meine Eltern. Doch der Reihe nach.

Die Gründungsphase der DDR verlief nicht ohne gesellschaftliche Verwerfungen und Konflikte. So wurde auf die Menschen gesellschaftlich, ökonomisch und politisch Kontrolle ausgeübt, um dem neuen Menschenbild in einer sozialistischen Gesellschaft gerecht zu werden. Im Vordergrund stand das Kollektiv und nicht das Individuum. Das ständige staatliche Misstrauen in die Menschen führte zu einem Anpassungsdruck, dem nicht alle gewachsen waren. Entweder folgte man voller Inbrunst sozialistischen Überzeugungen, oder unterwarf sich heuchlerisch staatlicher Autorität und Zielsetzung, was beides in Deutschland kein neues Phänomen war, oder kündigte innerlich die Staatszugehörigkeit auf, um bei Gelegenheit das Land zu verlassen. Wurden anfangs staatliche Fehlleistungen als Aufbauphasenfehler von den Menschen in der DDR toleriert, fand die erste wirkliche gesellschaftliche Zerreißprobe im Juni 1953 statt. Auslöser war eine gewisse Unterversorgung der Menschen sowie die staatlich verordnete Anhebung der Leistungsnormen in den volkseigenen Betrieben. Diese Kombination hatte eine gesellschaftliche Sprengkraft, die zunächst von den führenden Funktionären der DDR unterschätzt wurde, später unter Mithilfe der sowjetischen Besatzungstruppen brutal und blutig entschärft wurde. Nach der Niederschlagung dieser begründeten Revolte kam es zu zahlreichen Hinrichtungen der angeblichen Rädelsführer und zu massenhaften Gefängnisstrafen der sogenannten Mitläufer.

Historisch deuteten die DDR-Führer diese Auflehnung der Bevölkerung als durch faschistische Kräfte aus der BRD gesteuerter Angriff auf das erste sozialistische Land auf deutschem Boden.

Das Unbehagen meines Vaters gegenüber den politischen Zuständen in der DDR, die sich auch immer mehr auf den privaten Lebensbereich auswirkten, steigerte sich immer weiter. Eine weitere Auseinandersetzung am Arbeitsplatz mit dem Abteilungsleiter und dem Parteisekretär, die ihm vorwarfen, mit seiner Schwester sympathisiert zu haben, die an den die Staatsmacht infragestellenden Demonstrationen am 17. Juni 1953 teilgenommen hatte und kurz danach die DDR verließ, verfestigte seinen Fluchtgedanken.

Ein weiterer Vorfall verschärfte die persönliche Lage und ließ die Hoffnung, dass es doch noch eine Lebensperspektive in der DDR geben könnte, völlig schwinden. Ein rabiater Straßenbeauftragter drang in die Wohnung ein und machte verschiedene Vorhaltungen, die die politische Zuverlässigkeit meines Vaters betrafen. Er drohte ihm an, alles zu melden und ihn dahin zu bringen, wo er hingehöre, ins Arbeitslager.

An eine zügige Ausreise war jedoch nicht zu denken, da die Reiseerleichterungen, die nach den Juni-Demonstrationen 1953 für kurze Zeit ermöglicht wurden, um die unzufriedene Bevölkerung zu beruhigen, zu diesem Zeitpunkt schon nicht mehr bestanden. Die mögliche Flucht über Berlin galt es zu meiden, da strenge Zugkontrollen diesen Weg weitgehend verschlossen.

Eine Reiseerlaubnis in die Bundesrepublik Deutschland wurde nur erteilt, wenn eine Unbedenklichkeitsbescheinigung der Arbeitsstelle vorlag. Nach Antragstellung wurde diese Bescheinigung meinem Vater erwartungsgemäß abgelehnt. Über private Kontakte, an der Arbeitsstelle vorbei, konnte eine Unbedenklichkeitsbescheinigung organisiert werden, die meine Mutter im Rahmen ihrer beruflichen Tätigkeit in einem volkseigenen Bauunternehmen durch einen großzügigen Vorgesetzten fast problemlos erhielt.

Die „Ausreise" fand dann 1955 statt. Mit einer Reisegenehmigung verließen mein Vater und meine Mutter auf getrennten Wegen die DDR. Sie machten sich dadurch der seit 1954 geltenden Republikflucht schuldig, weil sie nicht zurückkehrten und die DDR ohne Beachtung der polizeilichen Meldevorschriften verlassen hatten. Grotesker geht es kaum noch.

Wie viele Menschen diesen Weg zum Verlassen der DDR wählten, ist nicht bekannt. Bekannt ist jedoch die große Anzahl derer, die die DDR verlassen haben, weil sie in diesem Land keine Lebensperspektiven für sich sahen. Die Wege, die sie wählten, waren verschieden und unterschiedlich riskant. Der zunächst einfache Weg über Berlin, um dann mit einem S-Bahn-Ticket in den Westteil der Stadt zu gelangen, blieb eine Zeit lang der ungefährlichste, war aber bald durch starke Kontrollen blockiert. Der bereits 1946 eingeführte Interzonenpass mit der Bezeichnung „Einfache Rundreise Interzonen Paß" musste bei den Behörden beantragt werden. Er galt zunächst für sämtliche Sektoren und wurde deshalb, neben Deutsch, auch mit allen Alliierten-Sprachen überschrieben, so u.a. mit der Überschrift „Single Round-Trip Interzonal Pass". 1953 wurde er abgeschafft.

Ersetzt wurde der Interzonenpass durch die bereits beschriebenen Ausreisepapiere, was den Zugang zu den westlichen Sektoren bzw. der BRD nochmals deutlich erschwerte. Mit der ab dem 13. August 1961 begonnenen totalen Abriegelung der DDR wurde ein Verlassen des Staatsgebietes nahezu unmöglich gemacht, obwohl es Einzelnen immer wieder gelang. Sei es durch Fluchtorganisationen, sei es durch eigene kreative Fluchtmodelle oder durch die Flucht über andere sozialistische Länder. Die große Zahl der „Mauertoten", die ihren Fluchtversuch nicht überlebten, bestätigt das unmenschliche Verhalten des DDR-Regimes und die großen Schwierigkeiten, wenn man das Land verlassen wollte.

DDR und BRD in den fünfziger Jahren

Die wirtschaftliche Entwicklung der Ost- und der Westzone, die aus dem untergegangenen Deutschen Reich hervorgingen, verlief bereits Ende der vierziger Jahren diametral auseinander. Reparationsleistungen, die im Rahmen der Potsdamer Konferenz vereinbart wurden, konnten in den Westsektoren weitgehend ausbleiben. So warf die US-Administration der Sowjetregierung vor, dass sie ohne Rücksicht auf eine ausgeglichene gemeinsame Handelsbilanz Reparationen aus der laufenden Produktion entnahm. Als beschlossene Lebensmittellieferungen aus der Ostzone ausblieben, verweigerten die USA Reparationsleistungen an die Sowjetunion aus ihrer Zone. Von da an wurde klar, dass eine wirtschaftliche Vereinigung der Ost- und Westzone keine Zukunft hatte. Ab Januar 1947 bildeten dann die amerikanische und britische Zone eine eigene Wirtschaftseinheit, die sogenannte „Bizone".

Während durch die amerikanische Unterstützung und Steuerung, die mit der Absicht verbunden war, eine europäische Stabilisierung zu erreichen, in deren Zentrum Deutschland als wirtschaftlicher Motor fungieren sollte, die Bundesrepublik relativ schnell zu wirtschaftlicher Blüte kam, versuchte die Sowjetunion zuvorderst ihren Einflussbereich über die osteuropäischen Staaten zu stärken. Aus Sicht der Sowjetunion war dies verständlich, denn Russland, später die Sowjetunion, war sowohl im 19. als auch im 20. Jahrhundert immer wieder Angriffen vom Westen her ausgesetzt, sei es durch Napoleon, durch das deutsche Kaiserreich im Ersten oder durch den kriegerischen Überfall der Deutschen Wehrmacht im Zweiten Weltkrieg, so dass eine territoriale Pufferzone dem Sicherheitsinteresse der Sowjetunion entsprach. Zudem stellte Deutschland geographisch den Zugang auf Mittel- und Osteuropa dar.

Zur Wiedergutmachung für die Folgen des Zweiten Weltkrieges setzte die Sowjetunion verstärkt auf Reparationen innerhalb ihres neuen Einflussbereiches, da die wirtschaftliche Situation und Kraft innerhalb der Union der Sozialistischen Sowjetrepubliken (UdSSR) deutlich hinter der amerikanischen Wirtschaftsleistung zurückstand.

Der berühmt gewordene „Marshall-Plan", der nach dem damaligen amerikanischen Außenminister Georg D. Marshall benannt wurde, sah ein Europäisches Wiederaufbauprogramm - European Recovery Program - vor, mit dem einerseits dem zerstörten Nachkriegseuropa geholfen werden sollte und andererseits wollte man die europäischen Staaten gegen sowjetische Einflussnahme immunisieren. Ursprünglich sah der Marshall-Plan die Einbeziehung Osteuropas vor, was aber von der Sowjetunion eindeutig abgelehnt wurde.

Die Ausgangslage nach dem Zweiten Weltkrieg, mit der Aufteilung Deutschlands in verschiedene Sektoren, war sicher ein erster Schritt hin zur Teilung des Landes. Dabei gab es trotz der beiden deutschen Staatsgründungen von 1949 durchaus auch gewisse Einheitsüberlegungen, insbesondere von sowjetischer Seite, die sich im Rahmen eines Friedensvertrages mit Deutschland eine Art Neutralitätszone mit einer gesamtdeutschen Regierung vorstellen konnte. In einer Note vom März 1952 schlug der sowjetische Parteichef und Vorsitzende des Ministerrates Josef Stalin für Deutschland folgendes vor: „Die Dringlichkeit des Abschlusses eines Friedensvertrages mit Deutschland macht es notwendig, daß die Regierungen der Sowjetunion, der Vereinigten Staaten, Großbritanniens und Frankreichs unverzügliche Maßnahmen zur Vereinigung Deutschlands und zur Bildung einer gesamtdeutschen Regierung treffen." Im sowjetischen Entwurf für einen Friedensvertrag stand u.a.: „Deutschland verpflichtet sich, keinerlei Koalitionen oder Militärbündnisse einzugehen, die sich gegen irgendeinen Staat richten, der mit seinen Streitkräften am Krieg gegen Deutschland teilgenommen hat."

Der Widerstand der westlichen Alliierten ließ nicht lange auf sich warten. Im Mai 1952 ging aus der britischen Antwortnote folgendes hervor: „die Regierung Ihrer Majestät kann nicht zulassen, daß Deutschland das Grundrecht einer freien und gleichberechtigten Nation, sich mit anderen Nationen zu friedlichen Zwecken zu verbinden, vorenthalten werden soll." Dahinter stand der Gedanke, Deutschland in eine europäische Gemeinschaft zu integrieren, um es nicht dauerhaft von Westeuropa zu isolieren.

Für die Rückgängigmachung der beiden deutschen Staatsgründungen war es längst zu spät, denn die unterschiedlichen wirtschaftlichen, sozialen und politischen Maßnahmen hatten längst eine Vereinigung der beiden Neugründungen unmöglich gemacht. Zudem wollten die westlichen Alliierten sich auf keinerlei Experimente mit der Sowjetunion einlassen, dafür war das Misstrauen gegenüber dem östlichen Militärverbündeten bereits zu groß. Der geplante Vertrag für eine Europäische Vereinigungsgemeinschaft (EVG), der später am französischen Parlament scheiterte, sollte aus Sicht der westlichen Alliierten nicht gefährdet werden. Zudem hatte 1948 die Währungsreform bereits für eine Zäsur gesorgt, indem in den westlichen Sektoren die Deutsche Mark (DM) eingeführt wurde.

Nach dem Tode Stalins im März 1953 versuchte die Sowjetregierung ihre Beziehungen zum „Westen" zu verbessern, damit sich der entstandene Ost-West-Konflikt entspannte. Der neue Ministerpräsident der Sowjetunion, Georgij M. Malenkow, suchte einvernehmliche Lösungen für die vorhandenen Probleme. Es machte sogar kurz vor den Juni-Unruhen in der DDR den Eindruck, dass die Sowjetunion einer deutschen Wiedervereinigung zu Bedingungen der westlichen Verbündeten zustimmen würde. Das hieß vor allem freie Wahlen und Selbstbestimmung.

Selbst nach der Niederschlagung der Demonstrationen vom 17. Juni 1953 in der DDR durch die sowjetischen Truppen gab es Entspannungssignale aus Moskau. Regierungschef Malenkow erklärte im August 1953 vor dem Obersten Sowjet, dass„… es gegenwärtig keine strittige oder ungelöste Frage gibt, die nicht auf friedlichem Wege aufgrund gegenseitiger Verständigung der Beteiligten gelöst werden könnte. Dies bezieht sich auf strittige Fragen, die zwischen den Vereinigten Staaten von Amerika und der Sowjetunion bestehen. Wir sind nach wie vor für ein friedliches Nebeneinanderbestehen beider Systeme."

Die Skepsis im „Westen" blieb groß, vor allem nach den Ereignissen vom Juni 1953. Sowohl der amerikanische Präsident Dwight D. Eisenhower als auch sein Außenminister John Foster Dulles setzten auf eine Politik der Stärke, da sie den Entspannungssignalen aus der Sowjetunion nicht trauten. Der britische Premierminister Winston Churchill neigte dazu, die sowjetische Initiative zu testen, was aber die amerikanische Seite ablehnte.

Nach Auffassung der amerikanischen Außenpolitik sollte es erst zu ernsthaften Verhandlungen mit der sowjetischen Regierung kommen, wenn eine europäische Verteidigungsgemeinschaft errichtet und die politische sowie militärische Einbindung der Bundesrepublik Deutschland ins westliche Bündnis erfolgt wäre.

Eine Anfang 1954 stattfindende Außenministerkonferenz in Berlin, die u.a. auch auf Drängen des damaligen deutschen Bundeskanzlers Konrad Adenauer stattfand, änderte nichts an der Haltung Amerikas gegenüber der Sowjetunion. Andere Schauplätze, in denen die westliche Großmacht und die UdSSR verwickelt waren - Stichwort Indochina - führten eher zu einer weiteren Ost-West-Konfrontation als zur Entspannung der beiden Blöcke.

Eine gemeinsame Europäische Verteidigungsgemeinschaft (EVG), die seit 1952 von den USA mitinitiiert wurde, scheiterte zunächst am Veto Frankreichs, das um seine Souveränität und eine Wiederbewaffnung der Deutschen fürchtete. Da aber die neugegründete Bundesrepublik Deutschland nach Ansicht der amerikanischen Regierung unbedingt in die westlichen Bündnissysteme eingebunden werden sollte, wurde Ende 1954 die Pariser Konferenz einberufen, in der die Bundesrepublik in die Westeuropäische Union (WEU) und in das westliche Militärbündnis (NATO) aufgenommen wurde. Die geplante enge Verzahnung zwischen WEU und Nato diente auch dazu, das zukünftige deutsche Militärpotential zu kontrollieren. Die Westeuropäische Union war ursprünglich ein Zusammenschluss verschiedener westeuropäischer Länder, um ein Bündnis gegen eine eventuelle Wiederaufnahme deutscher Angriffspolitik zu haben. Der Ursprungsvertrag, der gegen Deutschland gerichtet war, wurde nach dem Beitritt der Bundesrepublik Deutschland modifiziert. Zielsetzung war von da an „die Einheit Europas zu fördern". 1955 traten diese Pariser Verträge in Kraft, was zum einen die Bundesrepublik Deutschland zu einem souveränen und anerkannten Staat machte, und zum anderen die politische und militärische Konsolidierung des „Westens" abschloss, was einer Verfestigung der Teilung Deutschlands gleichkam.

Als Gegengewicht zum NATO-Beitritt Deutschlands kam es 1955 zum östlichen Bündnis, dem „Warschauer Pakt". Dieses Bündnis umfasste neben der Sowjetunion die Staaten Albanien, Bulgarien, Ungarn, DDR, Polen, Rumänien und Tschechoslowakei. Damit war nicht nur die Teilung Deutschlands, sondern Europas vollzogen, was allerdings zunächst nicht zu weiteren Spannungen führte, sondern eher das Gegenteil erreichte.

So wurde in einem gewissen Einvernehmen auch die „Österreich-Frage" gelöst. Das Land, das immer noch von den vier Siegermächten besetzt wurde, hätte bei Uneinigkeit ebenfalls geteilt werden können. Der sowjetische Vorschlag, der sich am Stalin-Modell für Deutschland orientierte, beinhaltete die Souveränität Österreichs unter der Bedingung absoluter Neutralität. Die Westmächte stimmten diesem Vorschlag zu, auch weil Österreich für sie geopolitisch zu wenig Bedeutung hatte. So wurde 1955 Österreich in die neutrale Souveränität entlassen, was den Abzug der alliierten Truppen mit sich brachte.

Die Entspannungspolitik der Sowjetunion wurde durch die Aussöhnung mit Jugoslawien fortgesetzt. Der nach Stalin folgende Parteichef der KPdSU, Nikita Chruschtschow, besuchte den Regierungschef Jugoslawiens Josip Tito, der sich dem Unterwerfungsansinnen Stalins widersetzt hatte, um zu einer Annäherung zu kommen. Sämtliche Entspannungsbemühungen führten 1955 zum Genfer Gipfeltreffen, bei dem sich alle vier Siegermächte weitgehend übereinstimmend zeigten. Es wurde sogar vom „Ende des Kalten Krieges" gesprochen, so groß war die Euphorie. Allerdings bestand der Ost-West-Antagonismus weiter, denn nach der Genfer Konferenz hatten letztlich die widerstrebenden Interessen weiter Bestand.

Allerdings war das politische Klima etwas freundlicher geworden, die „friedliche Koexistenz" sorgte dafür, dass sich eine Verantwortung für den Weltfrieden herauskristallisierte. Es gab wirtschaftliche und politische Interessen, die die beiden Machtblöcke gemeinsam für sinnvoll und nützlich erachteten.

Der Parteitag der Kommunistischen Partei der Sowjetunion (KPdSU) bestätigte diese Entspannungspolitik und sorgte selbst innenpolitisch für eine liberale Entwicklung. Er bestätigte die Doktrin der Koexistenz von unterschiedlichen Staaten und Systemen. Das alte Konzept der friedlichen Koexistenz, welches auf die zwanziger Jahre des 20. Jahrhunderts zurückging, als die kommunistische Weltrevolution ausblieb, erlebte nun eine Renaissance. Es ging um die Akzeptanz verschiedener Gesellschaftsordnungen, die friedlich nebeneinander leben konnten, zumindest für eine absehbare Zeit. Manifest und konkret wurde dieses Konzept jedoch erst zwischen 1956 und 1959. Es beinhaltete folgende Positionen: Ein friedliches Nebeneinander von Staaten mit unterschiedlichen Gesellschaftsordnungen ist nicht nur möglich, sondern aufgrund der weltweiten atomaren Bedrohung notwendig. Anstelle von militärischen Konflikten soll es wirtschaftlichen Wettbewerb geben, der die Unter- oder Überlegenheit von unterschiedlichen Gesellschaftssystemen zeigen wird. Der ideologische Kampf geht im friedlichen Nebeneinander allerdings weiter. Und: Trotz friedlicher Koexistenz wird die revolutionäre Zielsetzung, eine kommunistische Welt zu schaffen, nicht aufgegeben. Immerhin wurde die Doktrin der Unvermeidbarkeit von Kriegen damit aufgegeben. Allerdings wurde ein System der Abschreckung aufgebaut, was ein atomares Gleichgewicht bedeutete, das auf Angst vor den Folgen eines Nuklearkrieges aufbaute.

Die amerikanische Strategie der Befreiung der osteuropäischen Staaten vom Einfluss der Sowjetunion wirkte weder 1953 in der DDR, noch bei den Unruhen in Polen oder 1956 beim Ungarnaufstand. Sämtliche Aufstände wurden vom sowjetischen Militär blutig niedergeschlagen, ohne dass amerikanische Hilfe, auf die viele in diesen Ländern gesetzt hatten, kam. Diese drückte sich nur in moralischer Unterstützung, aber nicht in militärischen Aktionen aus.

1957 wurde Amerika durch den ersten erdumrundenden Satelliten der UdSSR geschockt, weil die geglaubte technologische Überlegenheit in Gefahr geriet. Neben dem „Sputnik-Schock" waren es auch die ersten Interkontinentalraketen der Sowjetunion, die den Amerikanern auch ihre angenommene strategische Überlegenheit nahm. Ein Gleichgewicht der Stärke, so der sowjetische Ansatz, dem sich nun auch die USA nicht verschließen konnten, sollte die zukünftige Weltordnung gewährleisten. Chruschtschow erklärte: „Wir sind für friedliche Koexistenz nicht deshalb, weil wir schwach sind, nicht deshalb weil wir die Imperialisten fürchten, sondern deshalb, weil ein neuer Krieg in Anbetracht der modernen tödlichen Waffenarten, … den Untergang von

Millionen und Aber-Millionen Menschen, die Zerstörung kolossaler materieller Werte, die durch die Arbeit vieler Generationen geschaffen wurden, bedeuten würde."

Das gewonnene Selbstbewusstsein der Sowjetunion drückte sich in einer außenpolitischen Offensive aus, in der der Viermächtestatus von Berlin in Frage gestellt wurde. West Berlin sollte in eine „Freie Stadt" umgewandelt werden, was mit einem Abzug der westlichen Alliierten verbunden gewesen wäre. Der Sowjetregierung ging es hauptsächlich um die Kontrolle über die Zugangswege nach Westberlin, um der Fluchtbewegung aus der DDR, die häufig über Westberlin verlief, Einhalt zu gebieten. Sie verband diesen Vorschlag mit einem Ultimatum und drohte bei Nichtakzeptanz einseitige Maßnahmen an.

Der neue amerikanische Präsident John F. Kennedy ließ das gestellte Ultimatum verstreichen und erklärte stattdessen das Recht der Westmächte, in Berlin zu sein und den Zugang zur Stadt behalten zu wollen, sowie das Selbstbestimmungsrecht und die freie Wahl der Lebensform der Westberliner Bevölkerung zu gewährleisten. Chruschtschow wollte mit seiner Initiative die DDR und ihre Volkswirtschaft schützen, die unter der ständigen Abwanderung von qualifizierten Arbeitskräften auszubluten drohte, was den völligen wirtschaftlichen Zusammenbruch bedeutet hätte. Die Lebensbedingungen im westlichen Teil Deutschlands waren einfach zu vielversprechend, damit konnte die DDR nicht konkurrieren.

Mit dem Bau der Berliner Mauer endete der Versuch, die Abwanderung anderweitig in den Griff zu bekommen. Es kam zur völligen Abriegelung Ost-Berlins und zur Verstärkung der gesamten Grenzanlagen an der innerdeutschen Grenze. Nur so konnte der täglichen Massenflucht, teilweise 1500 bis 2000 Personen am Tag, Einhalt geboten werden. Einerseits war diese Maßnahme das Eingeständnis eines schwachen Staates, andererseits wurde damit das DDR-Regime stabilisiert. Von nun an war völlig klar, dass es auf längere Sicht zwei deutsche Staaten geben würde.

Die sich nach dem Baubeginn der Berliner Mauer am 13. August 1961 gegenüberstehenden Panzer der Sowjetunion und der USA in der Berliner Friedrichstraße im Oktober 1961 zeugten symbolisch für den neu aufflammenden Ost-West-Konflikt.

„Verleitung zur Republikflucht" endet im Gefängnis

Anfang September 1962 fuhr mein Vater mit seinem Pkw zur Messe nach Leipzig, um offiziell geschäftlichen Verbindungen nachzugehen. Seine eigentliche Absicht war, mich, seinen Sohn, aus der DDR herauszuholen, da verschiedene Anfragen nach einer legalen Ausreise - u.a. an den Staatsratsvorsitzenden der Deutschen Demokratischen Republik, Walter Ulbricht - unbeantwortet geblieben waren.

Seinen ursprünglichen Plan, mich mit gefälschten Papieren in den „Westen" zu bringen, verwarf mein Vater als letztlich zu riskant, da er auch nicht einschätzen konnte, wie ich als 13-Jähriger an den Grenzübergangsstellen - mit in der Regel drei Kontrollpunkten - auf Befragungen reagieren würde.

Diese Ausweispapiere erwarb er im Amt für Öffentliche Ordnung seiner südlichen Heimatgemeinde in Singen am Hohentwiel. „Zur Tarnung seiner Person hatte er weitere Unterlagen im Besitz, damit er ohne Gefahr zu laufen, sein Vorhaben durchführen kann." So steht es im Kontrollbericht vom 1.11.1962 des Staatssicherheitsdienstes („Stasi") der DDR, ersichtlich aus einer Kopie des Bundesbeauftragten für die Unterlagen des Staatssicherheitsdienstes der ehemaligen Deutschen Demokratischen Republik (BStU).

Und weiter im Kontrollbericht eines Stasi-Hauptmannes: „Am 6.9.1962 versuchte Ramm am Grenzkontrollpunkt Juchhö sein Vorhaben zu verwirklichen, woran er jedoch durch die Wachsamkeit der Grenzsicherungsorgane gehindert wurde." Bei dem erwähnten Vorhaben handelte es sich um den Versuch, den Sohn zu sich nach Hause zu holen.

Plan B meines Vaters, die Grenzkontrollen mit mir zu passieren, sollte über ein Versteck im Auto erfolgen. Dafür hatte er den Rücksitz seines geliehenen Autos so präpariert, dass ich darunter Platz finden konnte. Diese zweite Variante wurde dann in die Tat umgesetzt. Auf einem Parkplatz weit vor dem Grenzübergang nahm ich den vorbereiteten Platz im Fond des Wagens ein. Mein Vater konnte so mit mir Sprechkontakt halten und mich über Veränderungen, wie beispielsweise Entfernung zur Grenze, unterrichten oder nach meiner Befindlichkeit fragen. Dieser Kontakt war auch wichtig, weil ich mich am Grenzübergang nicht mehr bewegen durfte und naheliegender Weise auch nicht sprechen sollte.

Am späten Abend des 6. September 1962 erfolgte die Festnahme und am Folgetag wurde „der Haftbefehl gemäß §8 Absatz 1 und 2 Paßgesetz der DDR erwirkt." So der Sachstandsbericht der Staatssicherheit.

Dieser erfasste zu den Personendaten meines Vaters u.a.: „sozial, Herkunft: Angestellter, 8 Jahre Grundschule, Staatsangehörigkeit: Westdeutschland, Nationalität: Deutscher, Parteizugehörigkeit: 1945-1955 SPD/SED, ohne Funktion". Für dieselbe Zeit wurde der Freie Deutsche Gewerkschaftsbund (FDGB) sowie die Freie Deutsche Jugend (FDJ) angegeben, ebenfalls ohne Funktion. Dies dokumentiert die systematische Einbindung der Menschen in die Organisationen des DDR-Staats. So erging es auch der Parteienvielfalt mit der Übernahme der Sozialdemokratischen Partei in die Sozialistische Einheitspartei Deutschlands. Sämtliche eigenständige Parteien wurden als demokratische Blockparteien in die „Nationale Front" einheitszwangsintegriert.

Die „Militärzeit: Anfang Mai 1943 - Mai 1945 89. Infanterie-Division" wurde ebenfalls erfasst, so auch die amerikanische Gefangenschaft von Mai bis Juni 1945. Die Personenerfassung des „Beschuldigten" endete mit „Vorstrafen: keine".

Als Festnahmegrund am Grenzübergang Juchhö wurde „die Erschleichung der Einreisegenehmigung in die DDR mittels gefälschter Ausweispapiere durch den Beschuldigten sowie der gewaltsame Versuch desselben, seinen Sohn in einem PKW versteckt illegal nach Westdeutschland auszuschleusen", im Sachstandsbericht angegeben.

Als weiteres „Bisheriges Ermittlungsergebnis" der Staatssicherheitsbehörde wurde weiter vermerkt: „In der Absicht, das Gebiet der DDR unerkannt zu betreten, suchte er am 24. oder 25.8.1962 das im Rathaus von Singen in Westdeutschland befindliche Amt für öffentliche Ordnung auf, um sich dort gefälschte Personalpapiere zu besorgen." Dem wurde auf mehrfaches Drängen meines Vaters hin stattgegeben, so dass für ihn und für mich, so das Ermittlungsergebnis, „gefälschte Personalausweise ausgestellt wurden."

Die Papiere wurden Ende August 1962 auf die Namen Günter und Michael Dietrich von der Kommunalbehörde ausgestellt. Zudem beschaffte sich mein Vater Papiere, die ihn ermächtigten, für eine im Raum Hegau ansässige Firma auf der Leipziger Herbstmesse geschäftlich tätig zu werden.

Derart ausgestattet reiste er „unter Ausnutzung des Messeverkehrs", so der Ermittlungsbericht, über den Kontrollpunkt Wartha in das Gebiet der DDR ein. Um nicht durch sein eigenes Auto aufzufallen, lieh sich mein Vater das Auto eines bekannten Geschäftsmannes und „erschlich sich" - so der Bericht der „Stasi" -„unter Verwendung des gefälschten Westausweises sowie eines auf den genannten falschen Namen lautenden Messeausweises eine Aufenthaltsgenehmigung."

Die Ermittlungen der Staatssicherheit ergaben weitere Details des Fluchtunternehmens. „Um in Leipzig nicht erkannt zu werden, wohnte der Beschuldigte nicht bei seinen Schwiegereltern, sondern ließ sich vom Zimmernachweis des Deutschen Reisebüros … in Leipzig … ein Quartier zuweisen."

Am 3.9.1962 suchte mein Vater meine Großeltern auf, bei denen ich nach der Flucht meiner Eltern seit Mitte der fünfziger Jahre lebte. Meine Großeltern hatten erhebliche Bedenken gegenüber den Fluchtplänen meines Vaters, überließen aber ihm letztlich die Entscheidung. Die Bedenken meines Vaters hinsichtlich der Ausreise mit den gefälschten Papieren müssen sich immer mehr bei ihm verdichtet haben, so zumindest auch im Ermittlungsbericht der Staatssicherheit, so dass er sich für die zweite Variante entschied, mich im Fonds des Wagens zu verstecken. „Im Schutze der Dunkelheit" schreibt die ermittelnde Staatssicherheitsbehörde, „versteckte er diesen am Abend des 5.9.1962 unter der hinteren Sitzbank des PKW und gegen 22.00 Uhr trat er die Rückfahrt an."

Nach meiner Erinnerung verlief die zweite Variante folgendermaßen: Zu einem verabredeten Treffpunkt in Leipzig, an dem ich in das Auto meines Vaters zusteigen sollte, erschien ich nicht. Die Bedenken meiner Großeltern hatten sich auch auf mich übertragen, so dass ich den Zeitpunkt des Treffens verstreichen ließ.

Daraufhin erschien mein Vater in der Wohnung meiner Großeltern und überzeugte mich zur Mitfahrt. Diese zeitliche Verzögerung hatte gewisse Konsequenzen, weil sich dadurch das Erreichen der Grenze erheblich verzögerte. Auf der Fahrt zur Grenze hielt mein Vater an einer ihm geeignet erscheinenden Stelle an und ich konnte meinen Platz unter der Rückbank des Autos einnehmen. Von da an war ich nur auf Geräusche sowie sprachliche Informationen meines Vaters angewiesen. Erst nach der Entdeckung meines Verstecks, am zweiten Grenzkontrollpunkt in Juchhö, konnte ich wieder sehen, soweit dies in der Dunkelheit und in den Lichtkegeln der Grenzanlagen möglich war. Den ersten Kontrollpunkt hatten wir problemlos passieren können, was mein Vater mir im Auto direkt mitteilte.

So wurde zu Protokoll genommen: „Nachdem durch einen Angehörigen des Zollkontrollamtes Juchhö bei der Kontrolle des PKW am 6.9.1962 gegen 1.00 Uhr sein Sohn entdeckt worden war, versuchte er mit dem PKW gewaltsam die Staatsgrenze West der DDR zu durchbrechen, was verhindert wurde."

Die Angaben im vorliegenden Vernehmungsprotokoll vom 3.11.1962 und die späteren, schriftlich verfassten Schilderungen meines Vaters weichen von diesen Angaben ab. Im Vernehmungsprotokoll der Staatssicherheit heißt es: „Frage: In welcher Form leisteten Sie am 6.9.1962 bei Ihrer Festnahme Widerstand?" Die

Antwort: „Ich habe bei meiner Festnahme in der Nacht vom 6. zum 7.91962 den Grenzsicherungskräften der DDR am Grenzkontrollpunkt Juchhö keinen Widerstand entgegengesetzt." Originalton kann das nicht sein, denn wer sagt schon „Grenzsicherungskräfte der DDR", aber inhaltlich sicher stimmig.

Das Nachfassen der Ermittler veränderte die Aussagen meines Vaters nicht. „Diese Aussage", so der fragende Leutnant, „entspricht nicht den Tatsachen, weil dem Untersuchungsorgan bekannt ist, daß Sie am Tage Ihrer Festnahme die Anweisungen des Kontrollorganes nicht befolgten und den Versuch unternahmen in Richtung der Staatsgrenze West zu flüchten! Sagen Sie hierzu aus!" Die Antwort meines Vaters: „Ich möchte nochmals sagen, daß ich bei meiner Festnahme in der Nacht vom 6. zum 7.9.1962 den Grenzsicherungsorganen der DDR am Grenzkontrollpunkt Juchhö keinerlei Widerstand entgegengesetzt habe." Darauf die Aufforderung des Verhörleutnants, wahrheitsgemäß „hierzu auszusagen." „Ich bleibe bei meinen bisherigen Aussagen", so mein Vater.

Selbst im Kontrollbericht der Staatssicherheit vom 1.11.1962 ist der Sachverhalt unklar, denn da heißt es: „Zum Zwecke der Beweisführung ist es notwendig, den Widerspruch zu klären, ob R. versuchte, nach erfolgter Kontrolle gewaltsam die Grenze zu durchbrechen. In seiner Aussage vom 6.9.1962 bestreitet R. dies, obwohl der Bericht des Grenzsoldaten etwas anderes besagt." Selbstkritisch äußert sich im Kontrollbericht ein Referatsleiter der Staatssicherheit, ein Hauptmann, zum Gesamtvorgang lapidar: „Die Aktenführung im Vorgang läßt zu wünschen übrig."

Neben dem Kontrollbericht ermittelte, überprüfte und durchleuchtete das Ministerium für Staatssicherheit (MfS) -„Stasi" im Volksmund genannt - den beruflichen und privaten Werdegang meines Vaters innerhalb seiner DDR-Vergangenheit. Die Einrichtung dieser Kontroll- und Überwachungsinstitution begann schon mit der Gründung der DDR. Bereits Anfang 1950 wurde dieses Ministerium ins Leben gerufen, welches Nachrichtendienst und Geheimpolizei in Personalunion vereinigte. Es stellte einen gigantischen Überwachungs- und Repressionsapparat, der mit physischer und psychischer Gewalt seine Ziele verfolgte. Erich Mielke, der seit 1957 an der Spitze dieses Ministeriums stand, baute ein gigantisches Spitzelsystem auf, welches über rund 90.000 hauptamtliche und rund 200.000 informelle Mitarbeiter (IM) verfügte. Neben Spionagetätigkeit im Ausland galt das Hauptinteresse der eigenen Bevölkerung, der man keine ideologische Standfestigkeit zutraute. So hieß es Observieren, Einschüchtern und Inhaftieren. Selbst vor Mordanschlägen machte das MfS nicht halt, auch nicht vor der Ausbildung der aus der Bundesrepublik geflohenen Mitglieder der Roten Armee

Fraktion (RAF). Der Hauptsitz der „Stasi" befand sich in Berlin, daneben gab es eine Vielzahl an Außenstellen, u.a. auch eine Bezirksverwaltung in Leipzig.

Deren „Abteilung IX" ermittelte 1962 anhand von Befragungen „Fakten" über meinen Vater. Da zwischen 1955, als mein Vater die DDR verließ, und 1962 doch ein erheblicher Zeitraum bestand, hatte es die „Stasi" nicht leicht. Da es beim letzten Arbeitgeber, den mein Vater in der DDR hatte, kaum noch Personal gab, das meinen Vater kannte, „war es nicht möglich, eine direkte Betriebsbeurteilung über R. zu beschaffen." Jedoch konnte der ehemalige Leiter der Kreisbildstelle, bei der mein Vater zuletzt gearbeitet hatte, ermittelt werden. Dieser gab zu Protokoll: „Der R. war einer seiner zuverlässigsten Mitarbeiter. … Auf dem Gebiet seiner fachlichen Leistungen gab es nie Anlaß zum Tadel." Und weiter im Protokoll des Überwachungsorgans: „Politisch war R. etwas unkonsequent und vor allem als Genosse nicht parteilich genug. Seine ganze politische Einstellung war unterschiedlich und schwankend, so daß er auf dem Gebiet etwas schwer einzuschätzen war. Wenn er zu politischen Problemen mitdiskutierte, sagte er zwar nichts falsches, aber es war zu wenig, als das, was man hätte erwarten müssen. Es ist nicht bekannt, daß R. einmal negativ in Erscheinung getreten wäre. Es konnte damals keiner begreifen, daß gerade R. so plötzlich die DDR verließ." Soweit, so gut, aber wie nützlich sind solche Erkenntnisse?

Nun kommen Interpretationen ins Spiel, die mehr über manche merkwürdigen Aktivitäten und Arbeitsstile der Staatsicherheitsbehörde aussagen, als über sinnvolle Erkenntnisse, die meinen Vater betreffen. „Moralisch war über R. nichts nachteiliges bekannt, weder in Fragen Alkohol noch Frauen. Hier hatte er seine Prinzipien, obwohl gerade zu dieser Zeit ein ziemlich „leichtes Mädchen" in der Bildstelle mit tätig war. Auch bei gemeinsamen Veranstaltungen, viel er nie aus der Rolle." Interessant. Hier fällt neben der Rechtschreibschwäche des MfS-Mitarbeiters dessen große Sachkunde und Kompetenz auf, die sich auf die wesentlichen Wesensmerkmale der untersuchten Person konzentriert.

Diese Stasi-Untersuchung hat wohl kaum zur Verbesserung oder Verschlechterung des Gerichtsurteils beigetragen. Immerhin wurde damit einer der 90.000 Beschäftigten des Ministeriums für Staatssicherheit, Außenstelle Leipzig, ‚sinnvoll beschäftigt'. Bei so viel hochqualifiziertem Personal muss man sich nicht wundern, wieso die DDR nicht überlebt hat.

Der Haftbefehl

Am 7.9.1962 wurde der schriftliche Haftbefehl vom Kreisgericht ausgestellt. Darin wird Untersuchungshaft aufgrund verschiedener Vergehen angeordnet. Zum einen wird „die kontrollierende Tätigkeit der staatlichen Organe der Deutschen Demokratischen Republik durch Verwendung falscher Personalpapiere" als Angriff gewertet. „Der Beschuldigte hat als ehemaliger Angehöriger der staatlichen Organe im Jahre 1955 mit seiner Ehefrau illegal die DDR verlassen." Und weiter: „In der Absicht das Gebiet der DDR unerkannt zu betreten ... ließ (er) sich einen Ausweis der Bundesrepublik mit falscher Personenbeschreibung für sich und seinen minderjährigen Sohn herstellen." Weiter wurde der Missbrauch der Ausweispapiere für die Leipziger Messe festgestellt und „beim beabsichtigen Verlassen der DDR wurde er und sein minderjähriges Kind gestellt und die Unechtheit der vorsätzlich falsch-hergestellten Personalausweise festgestellt." Ein Vergehen nach dem Passgesetz wurde konstatiert.

„Die Untersuchungshaft", so der Haftbefehl, „wird angeordnet, da die Ermittlungen noch nicht abgeschlossen sind und somit Verdunkelungsgefahr besteht, weil erst geprüft werden muß, welche westdeutsche Fälscherzentrale die Falschbeurkundung vorgenommen hat." Das Amt für öffentliche Ordnung in einer süddeutschen Kleinstadt war also die Fälscherzentrale. Interessant. Und weiter: „Außerdem besteht Fluchtgefahr, der sich ergibt aus dem festen Wohnsitz des Beschuldigten in Westdeutschland." Dies wiederum klang aus Sicht des Kreisgerichts plausibel.

Der Haftbefehl war aus Sicht der DDR-Behörden und der DDR-Gesetzgebung formal sicherlich korrekt. Allerdings muss die Frage erlaubt sein, ob die Verhaftung eines Menschen mit einem umfänglichen Gerichtsverfahren Sinn macht, damit die „Gesellschaftsgefährdung", die von der DDR-Justiz als ein Vorwurf in diesem Zusammenhang erhoben wurde, gerechtfertigt werden kann.

Die Anklage

Rund zweieinhalb Monate später erfolgte die An-
klageschrift durch den Staatsanwalt des Stadt-
kreises Leipzig. „Den Bankangestellten R.,
Herbert … nicht vorbestraft, vorläufig festgenommen
am 6.9.62, Haftbefehl vom 7.9.62 … in Untersuchungshaft in der UHA des MfS Leipzig klage ich an… .“

Angeklagt wurde mein Vater, „die kontrollierende
Tätigkeit der staatlichen Organe der Deutschen Demokratischen Republik und die Rechtssicherheit gefährdet
zu haben, indem er durch Verwendung eines vom Amt
für öffentliche Ordnung in Singen erlangten falschen
Personalausweises … erreichte.“ So hat er „Tateinheit-
lich eine unechte Urkunde gebraucht.“ Zudem wurde
ihm vorgeworfen, dass ein zweiter falscher Personalausweis ausgeschrieben wurde, um mich, den Sohn,
„illegal in einem geliehenen Personenkraftwagen nach
Westdeutschland zu verbringen.“ Entsprechende Be-
weismittel wurden angeführt, die den Vorwurf unter-
mauern sollten.

Nun wurden als wesentlich bezeichnete Ermittlungs-
ergebnisse vorgebracht. Dabei wurden biographische
Daten genannt, die sich mit dem Elternhaus, der beruflichen Laufbahn, der Einberufung in die „faschistische
Wehrmacht“, inklusive Einsatzorte wie Dänemark, Norwegen, Holland, Belgien und Frankreich, Verwundung

und Kriegsgefangenschaft und beruflicher Laufbahn in der DDR beschäftigten. Ebenso wurde auf eine Reise im Jahr 1955 nach Westdeutschland hingewiesen, wo er sich überreden ließ, zu bleiben. „Dem Beschuldigten", so das Ermittlungsergebnis, „wurden Versprechungen hinsichtlich günstiger Arbeitsmöglichkeiten gemacht, die sich nicht erfüllten." Verschiedene berufliche Tätigkeiten wurden aufgeführt. Selbst eine krankheitsbedingte Arbeitspause wurde ermittelt: „Dann lag er infolge seiner im faschistischen Weltkrieg erlittenen Kopfverletzung ca. ½ Jahr im Krankenhaus."

Anschließend wurde die politische Unzuverlässigkeit des Beschuldigten festgestellt: „schloß sich 1945 der SPD an. Später war er Mitglied der SED. Er muß selbst zugeben, von der Richtigkeit der Politik der Arbeiterklasse nicht überzeugt gewesen zu sein. Am politischen Leben in der DDR hat er sich nicht beteiligt." Die SED-Mitgliedschaft ergab sich aus dem Zusammenschluss der Kommunistischen und der Sozialdemokratischen Partei Deutschlands sowie aus der automatischen Vereinnahmung sämtlicher Parteien in den antifaschistisch-demokratischen Block, der Teil der „Nationalen Front" wurde.

Die ständigen Ansprüche an das gesellschaftlich-politische Engagement haben nicht nur meinen Vater überfordert, sondern eine Vielzahl von DDR-Bürgern. Dies hatte u.a. den Rückzug ins Private und die Abkehr vom ersten sozialistischen Staat auf deutschem Boden zur Folge. Nicht nur der kleinbürgerliche Wunsch nach einer „Datscha" und einem „Trabi" waren beispielhafte Merkmale dieser Abwendung von den sozialistischen Idealen.

„Im Namen des Volkes"

Im Namen des Volkes verhängte eine DDR-Richterin in der Hauptverhandlung vom 13. Dezember 1962 eine zehnmonatige Haftstrafe gegen meinen Vater, wegen „Urkundenfälschung in Tateinheit mit Vergehen gegen das Passgesetz."

In der Begründung des Urteils fand sich eine ausführliche biographische Beschreibung des Angeklagten. Neben sozialer Herkunft, schulischer und beruflicher Ausbildung wurden neben der Militärzeit die Kriegsbeschädigung, ihre Folgen sowie der berufliche Werdegang in Ost- und Westdeutschland aufgeführt. Zudem kamen die Lebensverhältnisse in der Bundesrepublik Deutschland zur Sprache sowie das Vorgehen hinsichtlich des geplanten Fluchtversuchs, mit detaillierter Schilderung der Abläufe in der Messestadt Leipzig. Weiter wurde festgehalten, dass die geplante Flucht mit den bereits geschilderten Verzögerungen gestartet wurde, sodass der Start, der eigentlich 19 Uhr erfolgen sollte, sich bis fast 22 Uhr hinzog.

Der Missbrauch des gefälschten Passes am Grenzübergang Juchhö wurde ebenso aufgeführt wie die Kontrolle des Personenkraftwagens. "Dabei konnte von den Sicherheitsorganen das Versteck des Jungen aufgedeckt werden. Der Angeklagte wurde aufgefordert, den Wagenschlüssel zu übergeben, was er verweigerte, so dass

dieser gewaltsam ihm genommen werden musste. Anschließend wurde der Angeklagte in Haft genommen."

„Der Angeklagte", so die weiteren Ausführungen,
„hat eine falsche Urkunde hergestellt, indem er einen
falschen Namen verwendet hat. So sind die Grenzkon-
trollorgane bei der Einreise in die Deutsche Demokratische Republik getäuscht worden. Das Verlassen der
DDR, das heimlich geschehen sollte, ohne erforderliche
Genehmigung für seinen Sohn, verstößt nicht nur gegen
das Passgesetz, sondern wird durch die tateinheitliche
Urkundenfälschung nach § 267 StGB verurteilt. Gemäß
§ 73 StGB ist die Strafe nur aus dem Gesetz zu entneh-
men, welches die höchste Strafe androht. Im vorliegenden Fall ist das die Urkundenfälschung."

Damit war der Widerstand gegen die „Grenzsicherungskräfte" und ein gewaltsames Durchbrechen der
Staatsgrenze nicht mehr Gegenstand des Urteils. Die
verhängte Strafe für eine Urkundenfälschung, die laut
§ 267 StGB nicht gewerbsmäßig oder als Mitglied einer
Bande entstanden ist, wird in der Regel mit Geld oder
geringen Haftstrafen geahndet. Eine zehnmonatige Haftstrafe durch ein DDR-Gericht entspricht zwar dem
Strafverständnis einer DDR-Justiz, ist aber, auch wenn
man die bis dahin verbüßte U-Haft von über drei Monaten berücksichtigt, ein über die Maßen hartes Urteil.
Deshalb wurde nach dem Ende der DDR dieses Straf-

urteil vom Landgericht Leipzig im Oktober 1993 „für staatsrechtswidrig erklärt und aufgehoben."

Obwohl die Verteidigung auf die familiären Hintergründe hinwies, auf die Unbescholtenheit sowie auf die verschiedenen Anfragen, u.a. beim damaligen Staatsratsvorsitzenden der DDR, Walther Ulbricht, nach einer legalen Ausreise des Sohnes, wurde dem Verteidigungsantrag nach der „sozialistischen Strafart der bedingten Verurteilung gemäß § 1 StEG" nicht stattgegeben. Begründung des Gerichts: „Der Grad der Gesellschaftsgefährlichkeit der vom Angeklagten begangenen strafbaren Handlung lassen es nicht zu, ihm eine bedingte Strafe zu bewilligen. Aber auch die Umstände der Tatbegehung sprechen dagegen."

Nun wurde im Urteil die sozialistische Rhetorikmaschine angeworfen. „Der Junge lebte hier... in geordneten Verhältnissen. Die Ausbildungsmöglichkeiten für junge Menschen sind in unserem Arbeiter- und Bauern-Staat viel besser als in Westdeutschland. In unseren Schulen werden die Kinder zu friedliebenden Menschen, die mit allen Völkern Freundschaft halten, erzogen, was von den Schulen in Westdeutschland nicht gesagt werden kann. Dort wird sogar die jüngste Geschichte verfälscht. Es wird z.B. nicht aufgezeigt, wer Hitler war und welche Rolle er spielte." Soweit zur Replik über die Schul- und Ausbildungsbedingungen der beiden deutschen Staaten durch das Kreisgericht.

Danach folgte eine moralische Standpauke über das Versagen meines Vaters aufgrund des Verlassens der DDR im Jahr 1955, weil er damals „einen großen Fehler begangen hat", den er aus „Schamgefühl", weil es ihm „peinlich" war, nicht revidieren wollte, was die Rückkehr in die DDR bedeutet hätte. Nun folgte angeblich mit seiner Tat der „nächste Fehler". „Er selbst hat seit Sommer 1955, ob bewusst oder unbewusst, den Machthabern in Westdeutschland die Möglichkeit verschafft, das illegale Verbleiben in Westdeutschland zu Hetze gegen unseren sozialistischen Aufbau auszunutzen."

Die ideologische Belehrung im Gerichtsurteil ging noch weiter: „Dadurch hat er die Position der Bonner Machthaber bestärkt. Nun wollte er auch noch seinen Jungen in diesen Bereich einführen." Als quasi erzieherische Maßnahme erschien dem Gericht eine zehnmonatige Haftstrafe für meinen Vater als angemessen; die Strafe sollte „ihm dabei behilflich sein, künftig nicht wieder die Gesetze des Arbeiter- und Bauernstaates zu verletzen."

Immerhin fand die Untersuchungshaft eine Anrechnung, was sich aus § 353 der Strafprozessordnung ergab. Rechtskraft erlangte dieses Urteil am 7.1.1963.

Die zehnmonatige Haftstrafe fiel letztlich im möglichen Rahmen aus, denn nach pessimistischer Einschätzung, geäußert vom damaligen Vorsitzenden der Berliner FDP, William Borm, der über die Freiheitliche Partei Österreichs von diesem Fall schriftlich informiert wurde, konnte mit einer Haftstrafe von sechs Monaten bis zu 6 Jahren gerechnet werden. Zudem nahm Borm an, dass mein Vater als sogenannter DDR-Bürger, der er de facto nicht mehr war, behandelt würde, was zur Folge hätte, so die Vermutung Borms, „daß man ihm nach seiner Entlassung aus der Strafhaft die legale Ausreise aus der Zone verweigern würde." Er befürchtete deshalb: „Die Angelegenheit ist also möglicherweise mit Ablauf der Strafhaft nicht erledigt."

Das langjährige Bundestagsmitglied William Borm war selbst ein Opfer der DDR-Justiz geworden, als er 1950 auf der Transitstrecke nach Berlin von der DDR-Volkspolizei verhaftet und zu zehn Jahren Zuchthaus wegen „Kriegs- und Boykotthetze" verurteilt wurde. Erst 1959 wurde er aus der DDR-Haft entlassen. Während dieser Zeit wurde er vom Staatssicherheitsdienst der DDR angeworben. Die Nachrichtenagentur Reuter vermeldete 1991, dass er jahrelang „Stasi-Agent" gewesen sei.

Die Einschätzung William Borms fiel in einen Zeitraum, in dem nichts über den Verbleib meines Vaters bekannt war. Dass eine Verhaftung erfolgt war, konnte ich bestätigen, aber was danach mit meinem Vater passierte, wusste auch ich nicht, da ich nach meinem nächtlichen Grenzaufenthalt am nächsten Tag zur „Stasi"-

Zentrale nach Leipzig gebracht und dort verhört wurde. Am selbigen Tag, spät nachmittags, wurde ich wieder in die Obhut meiner Großeltern übergeben. Mir blieb glücklicherweise eine im Raum stehende Einweisung in eine Erziehungsanstalt oder eine Zwangsadoption, von der Kinder von DDR-Flüchtlingen immer wieder betroffen waren, erspart. Ich konnte am Tag darauf meinen gewohnten Schulbesuch und mein kindliches Leben fortsetzen.

Die Unkenntnis über den Verbleib meines Vaters veranlasste auf Anraten William Borms meine Mutter, am 28. September 1962 den Generalstaatsanwalt der DDR anzuschreiben und um Auskunft über den Verbleib ihres Mannes zu bitten. „Da ich bis heute von meinem Gatten kein Lebenszeichen bekommen habe, wäre ich Ihnen sehr dankbar, wenn Sie mir diese Frage beantworten könnten."

Eine Antwort der Staatsanwaltschaft blieb aus, dafür gab es dann andere Quellen, die über den Verbleib meines Vaters Auskunft geben konnten, ohne dass ein immer aktueller und detaillierter Kenntnisstand verfügbar war.

Gedächtnisprotokoll meines Vaters

Die entscheidenden Merkmale und Abläufe meiner geplanten illegalen Ausreise bzw. Flucht aus der DDR hat mein Vater für sich und für behördliche Anfragen detailliert aufgeschrieben. Es ist die Sichtweise des unmittelbar Betroffenen und somit subjektiv, was die Qualität der gemachten Notizen nicht schmälern soll. Aber es zeigt in Teilen eine etwas andere Perspektive als die polizeilichen und richterlichen Berichte über die Festnahme an der Grenze und ihre Folgen.

Überschrieben hat mein Vater sein Protokoll mit „Schilderung bezüglich meiner Inhaftierung in der SBZ", d.h. Inhaftierung in der Sowjetischen-Besatzungs-Zone, der DDR. Es zeigt, dass mein Vater die DDR als Staatsgebilde nicht akzeptierte, was allerdings der generellen Anerkennungsverweigerung der westlichen Welt entsprach. Sein Protokoll beginnt mit seiner Anreise nach Leipzig zur Herbstmesse und spannt einen Bogen über den gesamten Verlauf, von seiner Inhaftierung bis zu seiner Entlassung und Rückreise in die Bundesrepublik Deutschland bzw. an seinen Wohnort in Süddeutschland.

„Ich fuhr, unter Ausnutzung der Leipziger Herbstmesse, im September 1962 mit einem PKW von Singen nach Leipzig, um unseren Sohn Michael für immer nach hier, zu seinen leiblichen Eltern, zu holen. Die Hinfahrt bzw. die Einreise in die SBZ verlief, außer den üblichen Grenzformalitäten, normal. In Leipzig selbst bewohnte ich im Zentrum der Stadt ein gemietetes Zimmer. Von da aus nahm ich Kontakt zu meinem Sohn bzw. meinen Schwiegereltern auf, um den genauen Termin unserer Abfahrt zu besprechen. Meiner Frau hatte ich telegraphisch mitgeteilt, wo ich wohnte, da sie mir an diese Anschrift ein fingiertes Telegramm schicken sollte, was mich angeblich geschäftlich nach Nürnberg zurückrufen sollte. Dieses Telegramm sollte dazu dienen, meine vorherige Rückreise zu dokumentieren, da die Messe ja ausschließlich und überwiegend 8 Tage von den Messegästen besucht wird. Gern hätte ich meine Mutter bei diesem Aufenthalt gesehen. Leider war dies nicht möglich, da sie zu dieser Zeit (bereits schwer erkrankt) außerhalb Leipzigs zu einer angeblichen Erholungskur weilte. Ich konnte nicht wagen, Leipzig zu diesem Zweck zu verlassen, da kein Messegast, ohne polizeiliche Genehmigung, das Stadtgebiet verlassen darf."

„Am ausgemachten Tag und zur ausgemachten Stunde, wo ich meinen Sohn treffen wollte, erschien dieser dort nicht. So fuhr ich, unter Einhaltung größtmöglicher Sicherheitsfaktoren, zu meinen Schwiegereltern. Obwohl alles tagsvorher genau besprochen wurde, waren ihnen plötzlich Bedenken gekommen und sie fürchteten für ihre eigene Sicherheit. Durch diesen unfreiwilligen

Zeitverlust und weitere Absprachen, hatte sich meine Abreise erheblich verzögert. Da ich aber oben erwähntes Telegramm von meiner Frau erhalten hatte, mußte ich meinen Plan einhalten und so kam ich mit Verspätung erst bei Einbruch der Dunkelheit am Zonengrenzübergang Töpen-Juchhö an."

„Die Kontrolle verlief ganz normal, auch der anschließende Gang in die Baracke, wo der Geldrücktausch und das Abstempeln des Grenzdokuments stattfanden, verlief ohne besondere Vorkommnisse. Nach der vorzeitigen Rückreise durch eine weibliche Polizistin befragt, zeigte ich mein empfangenes Telegramm, was auch ohne weitere Befragung akzeptiert wurde. So ging ich zum Wagen zurück, bestieg diesen und startete. Langsam rollte ich dem letzten der fünf Schlagbäume zu. Vor nicht allzu langer Zeit hatten verschiedentlich Bewohner der SBZ mit LKW's und anderen Fahrzeugen die Schlagbäume durchbrochen und so hatte man sich durch mehrere Schlagbäume abgesichert, was mir auch völlig neu war, obwohl ich mich vorher verschiedentlich bei Interzonenreisenden befragt hatte."

„Als ich etwa 30 Meter vom letzten Schlagbaum entfernt war, die dortigen Posten kontrollieren nur noch das abgestempelte Grenzdokument, hörte ich plötzlich Rufe. Im Rückspiegel erkannte ich einen Volksarmisten, der auf meinen Wagen zugerannt kam und mich schreiend zum Anhalten aufforderte. Ich hielt sofort an, der Doppelposten am letzten Schlagbaum richtete bereits seine Maschinenpistole gegen mein Fahrzeug, obwohl einer von ihnen sich kurz vorher noch anschickte, den Schlagbaum für mich zu öffnen. Ich wurde aufgefordert, mein Fahrzeug zu verlassen. Ich kam dieser Aufforderung, schon um keinen Verdacht zu erregen, sofort nach. Da brüllte mich der Volksarmist an: „Was haben Sie im Wagen versteckt." Ich antworte: „Nichts!" Er klappte meinen Fahrersitz nach vorn, wollte die hintere Sitzbank hochheben, die sich, wie ein Wunder, irgendwie verklemmt hatte. Ich sagte noch, lassen sie mich das machen, was er auch bereitwillig geschehen ließ. Ich hatte vor, die Beine meines Sohnes, die mit einer Trainingshose bekleidet waren, noch mit der Decke zu bedecken, die ich vorher darunter gelegt hatte, damit er etwas gepolstert liegt. Ich bekam aber den Sitz auch nicht hoch. Nun wurde ich von hinten gepackt, aus dem Auto gezerrt und ein anderer Armist, inzwischen waren mehrere dazugekommen, hob den Rücksitz dann doch etwas an, und griff mit einer Hand darunter und rief ganz laut: „Hier ist der Junge."

„Da ich geschlagen wurde, flüchtete ich wieder in meinen Wagen und verlangte einen Offizier zu sprechen. Die Scheibe der vorderen Tür war von Anfang an heruntergedreht und so packte man mich am Hemd und Jacketkragen und wollte mir so die Luft abschnüren, wobei der Hemdknopf abriß, die Krawatte zerriß und der Jacketkragen abgerissen wurde. Mittlerweile hielt man mir von zwei Seiten Pistolenmündungen an die Schläfen und ein Volksarmist hatte mir den Zündschlüssel, den ich noch immer in der Hand hielt, entrissen, wobei mir der Daumen ausgekugelt wurde."

„Nach diesen tätlichen Angriffen wurde ich in die Baracke gebracht, wo mich der Dienstälteste Offizier - ein Major -, der zu diesem Zwecke herbeigeholt wurde, die ganze Nacht verhörte. Mein Sohn wurde in die Rotkreuzbaracke gebracht. Völlig entkräftet, übernächtigt und von Schmerzen geplagt, erlitt ich gegen 4 Uhr morgens eine Ohnmacht und erwachte gegen 7 Uhr ebenfalls in der Rotkreuzbaracke, ohne jedoch meinen Sohn zu sehen."

„Gegen 9 Uhr morgens traf ein Kommando des Ministeriums für Staatssicherheit (4 Personen in Zivil) an der Grenze ein die ureigenst aus Leipzig zur Grenze beordert worden waren, wie ich später feststellen konnte. Auffällig war mir, daß jeder von ihnen eine Aktentasche ständig bei sich trug. Zwischen zwei dieser Leute mußte ich hinten in einem Auto Platz nehmen, während einer den Wagen fuhr. Der vierte Mann fuhr mit meinem benutzten Wagen und meinem Sohn ständig hinter uns her. Während der Fahrt konnte ich durch einen Zufall sehen, daß sich in diesen Aktentaschen je eine Maschinenpistole befand. In Leipzig wurde ich ins Gefängnis des MfS in der von jeher verhaßten Dimitroffstraße (früher Wächterstraße) gebracht, jedoch nicht eher, bevor man mit mir und dem uns folgenden Wagen kreuz und quer durch Leipzig fuhr, scheinbar um mich zu irritieren."

Das Prozedere der Verhaftung an der DDR-Grenze und die Überstellung in das Gefängnis für Staatssicherheit (MfS) in Leipzig dauerte rund 12 Stunden. Von meinem Vater konnte ich mich kurz verabschieden, bevor wir beide vom MfS verhört wurden. Während meine Befragung am späten Nachmittag des 6. Septembers endete und ich vom MfS zurück zu meinen Großeltern gebracht wurde, bei denen ich lebte, waren die Verhöre und die Haftstrafe für meinen Vater eine gesundheitsgefährdende Tortur, die nur von mehreren Krankenhausaufenthalten unterbrochen wurde. Die Androhung, dass sein Sohn in einem Erziehungsheim untergebracht werden sollte, ließ meinen Vater zusätzlich verzweifeln.

Die verratene Flucht?

Dass Fluchtversuche aus der DDR auch scheiterten, weil sie verraten wurden, ist eine bekannte Tatsache. Die Flucht, die mein Vater organisierte, kann ebenfalls durch einen Verrat gescheitert sein, zumindest liegt dieser Verdacht nahe. Mein Vater selbst glaubte fest an einen Verrat. In seinem Gedächtnisprotokoll formuliert er den folgenden Satz: „Der Umstand, alle Einzelheiten und die Verhaftung selbst, die ursprünglich in letzter Minute erfolgte, ließen darauf schließen, daß ein Verrat vorlag... ." Zudem hatte mein Vater seiner Schwester bei deren Besuch im Gefängnis gesagt, dass er verraten worden sei.

Der stärkste Hinweis auf die Verratsvariante scheint der Wortlaut bei der Grenzkontrolle gewesen zu sein, als der Satz fiel: „Hier ist der Junge." Merkwürdig daran ist auf jeden Fall, dass der Grenzsoldat, der diesen Satz aussprach, zu diesem Zeitpunkt nicht wissen konnte, ob es sich um einen Jungen oder ein Mädchen handelte, weil er nur unter den Rücksitz des Autos gegriffen hatte und mit der Hand ein Kind, also mich, berührte.

Dagegen spricht die Tatsache, dass erst relativ spät die Kontrolle des Personenkraftwagens erfolgte, als das Grenzprozedere bereits weitgehend abgeschlossen war. Allerdings könnten Hinweise auf eine Flucht erst relativ spät am Grenzkontrollpunkt eingetroffen sein, sozusagen in letzter Sekunde. Dies würde das wenig organisierte Vorgehen der DDR-Grenzsoldaten erklären.

Auffällig war sicher das späte Eintreffen am Grenzkontrollpunkt. Es war gegen Mitternacht. Zudem, so wurde es berichtet, befand sich kein Gepäck im Kofferraum, sondern es lag fast alles auf dem Rücksitz des Autos lag. Dazu kam, dass für diesen Tag eine hohe Alarmstufe an allen DDR-Grenzübergängen bestand und deshalb Personenkraftwagen einer besonders strengen Kontrolle unterzogen wurden. Dies wurde in den Folgetagen in westdeutschen Zeitungen vermeldet.

Ob es sich tatsächlich um eine verratene Flucht handelte, lässt sich nicht mehr aufklären, zumal auch die Akteneinsicht beim Bundesbeauftragten für die Unterlagen des Staatssicherheitsdienstes der ehemaligen DDR keine schlüssigen Beweise lieferte.

Selbst unmittelbare Verwandte können aus Angst vor Strafverfolgung nicht als Verräter ausgeschlossen werden, bis hin zum Amt für öffentliche Ordnung, das die gefälschten Personalausweise ausgestellt hatte. Der Arm der Staatssicherheitsbehörde der DDR reichte weit, was selbst der deutsche Bundeskanzler Willy Brandt erfahren musste, als er 1974 zurücktrat, weil er in seinem engeren Umfeld, als seinen persönlichen Referenten, den Stasi-Spitzel Günter Guillaume beschäftigte, dem er blind vertraute.

Die unabhängigen Rechtsanwälte Berlins vermuteten und äußerten, nach Bekanntwerden der Fakten, ebenfalls den Verratsverdacht.

Interessant wäre sicherlich, ob sich damals jemand des Verrates schuldig gemacht hat. Vor allem wer und mit welchem Motiv? Aber letztlich könnte diese Erkenntnis das Geschehene nicht mehr rückgängig machen. Weder die Haftstrafe für meinen Vater, noch die Zweifel meiner Mutter, ob sie, die zu dieser Aktion meinen Vater ermutigte, eine Mitschuld trägt.

Der Haftverlauf

Die Länge der Haftstrafe, die mein Vater in verschiedenen DDR-Strafanstalten verbringen musste, wurde im Prozess, dessen Hauptverhandlung am 13. Dezember 1962 stattfand, auf zehn Monate festgelegt. Zudem waren die Verfahrenskosten vom Verurteilten zu tragen. Die Untersuchungshaft wurde einen Tag nach der Verhaftung im Haftbefehl vom 7.9.1962 angeordnet und für die gesamte Strafzeit mit angerechnet, die dann Anfang Dezember 1962 nach der Urteilsverkündung begann und im Juli 1963 endete.

Die Untersuchungshaft begann im Gefängnis des Ministeriums für Staatssicherheit (MfS) in Leipzig, in unmittelbarer Nähe des ehemaligen Reichsgerichts, das insbesondere durch den Reichstagsbrandprozess seine unrühmliche Berühmtheit erlangte, und endete dort nach der Urteilsverkündung im Dezember 1962. In unmittelbarer Umgebung des Gefängnisses lagen verschiedene Justiz- und Gefängniseinrichtungen, wie Bezirksstaatsanwaltschaft, Bezirksgericht und Volkspolizeirevier. Der bereits 1880 entstandene Gefängnisbau wurde von der „Stasi" als U-Haft-Gefängnis genutzt und 1960 noch durch ein Vernehmungsgebäude ergänzt. Zwischen Polizeirevier und „Stasi-Gebäude" gab es eine räumliche Verbindung, so dass man beispielsweise zur Volkspolizei vorgeladen werden konnte und ohne großes Aufsehen leicht im MfS-Gefängnis landete.

Der erste Besuch im Untersuchungsgefängnis konnte etwa Mitte November 1962 stattfinden. Eine Schwester meines Vaters, die in Leipzig wohnte, traf ihren kranken Bruder, der mittlerweile wegen eines Nierenleidens bereits zweimal stationär im Haftkrankenhaus behandelt werden musste. Sie berichtete von ihrem Besuch im „Stasi-Gefängnis": „Sah sehr blaß und schlecht aus. Ein Sanitäter war dabei." Er berichtete ihr, dass er von Anfang an in einer Einzelzelle eingesperrt wurde. Es gab keine Lesemöglichkeit oder sonstige Ablenkung, nur ständige Verhöre. Weiter berichtete die Schwester, dass er nervlich ziemlich am Ende sei und sehr stark abgenommen hätte.

In der Folge konnte meine in Österreich lebende Tante meinem Vater innerhalb kürzester Zeit sogar zweimal verschiedene Lebensmittel zukommen lassen. Bei ihrem einmaligen Besuch, mehr wurde ihr nicht zugestanden, durfte sie beispielsweise alle Sachen, die sie mitgebracht hatte, meinem Vater überreichen. Neben Obst und Schokolade wurden auch Zigaretten, die sonst verweigert wurden, zugelassen. Zudem fiel ihre Besuchszeit deutlich länger aus als die ihrer ostdeutschen Schwester. Allerdings hatte diese Vergünstigung für meine Tante einen unangenehmen Nebenaspekt. Sie wurde während ihres Besuchs auch vom Staatssicherheitsdienst verhört, da mein Vater bei seinen Verhören angegeben hatte, dass er die DDR hauptsächlich wegen seiner Schwester verlassen hätte, um ihr beim Aufbau eines Kleinunternehmens zu helfen. Dieses Anwerben von Personen aus der DDR hätte meine Tante in erhebliche juristische Schwierigkeiten bringen können, blieb jedoch ohne Folgen, weil dieser Straftatbestand erst seit 1957 in der DDR rechtskräftig wurde und mein Vater das Land bereits 1955 verlassen hatte.

Ein Vorteil war, wie meine Tante über den meinen Vater vertretenden Rechtsanwalt erfahren hatte, dass das Verfahren nicht vor dem Bezirksgericht, sondern nur vor dem Kreisgericht verhandelt werden sollte. Ursprünglich war wohl eine Art Präzedenzfall mit entsprechender Presseberichterstattung geplant, um so die Bundesrepublik Deutschland mit anzuklagen, weil sie durch das Ausstellen falscher Pässe Dokumentenfälschung begangen hatte.

In der Untersuchungshaft, so berichtete es mein Vater, wurden Verhörmethoden angewandt, die gegen die 1948 von der UN verabschiedete Erklärung der Menschenrechte verstießen. „Nach anfänglichem Verhör wurde ich völlig entkleidet, erhielt nachdem ich ca. eine Stunde nackt in einem Kreidekreis stehen mußte, ganz alte dreckige Kleidung aus der alle Taschen entfernt waren und wurde in eine dunkle Zelle gesperrt."

Dies entspricht nach einer Definition der nichtstaatlichen Menschenrechtsorganisation Amnesty International der „Weißen Folter", mit der u.a. Isolation, Schlafentzug und Zwangshaltungen bezeichnet werden.

„Ich weiß nicht mehr, wie lange ich dort, völlig erschöpft, gelegen habe, bis ich zum ersten nächtlichen Verhör abgeholt wurde.", so mein Vater. Dies ging wohl wochenlang weiter, mit „meist nächtlichen Verhören und Repressalien". Neben physischer Gewaltanwendung wurde psychischer Druck aufgebaut. Ihm wurde erklärt, dass sein Sohn in ein Erziehungsheim käme. Dazu kam die Androhung von hohen, sechs- bis achtjährigen Haftstrafen. Nach dreimonatiger Untersuchungs-Haftzeit durfte er erstmalig an seine Frau schreiben, um ihr mitzuteilen, wo er sich befand.

Während der U-Haftzeit beim Staatssicherheitsdienst der DDR musste er tagsüber immer stehen, erst ab der angeordneten Bettruhe, die von 21 bis 5 Uhr morgens dauerte, durfte gesessen oder gelegen werden. Allerdings wurde die Bettruhe von den nächtlichen Verhören unterbrochen. Es wurde streng darauf geachtet, dass es keinen Kontakt zu Mithäftlingen gab. Einzel- und wiederholte Dunkelhaft waren an der Tagesordnung.

Später, nach der U-Haft, wurde mein Vater zunächst in ein Arbeitslager nach Rackwitz überführt, wo er schwere Arbeiten zu verrichten hatte, die Ernährung erbärmlich war und wo häufig erste Hilfeleistungen bei Beschwerden aufgrund seines schlechten Gesundheitszustandes verweigert wurden.

Ein Glück für meinen Vater war ein Gefängnisarzt, der meinen Vater durch meinen Großvater kannte, der unter der Ägide dieses Arztes bei der Deutschen Reichsbahn im medizinischen Dienst arbeitete. Dies durfte natürlich nicht bekannt werden, da mein Vater sonst sofort von diesem Gefängnisarzt abgezogen worden wäre. Dieser kleine Vorteil brachte für meinen Vater während der U-Haftzeit die eine oder andere Erleichterung.

Während der Haftzeit verstarb die Mutter meines Vaters. An der Beerdigungsfeier konnte mein Vater, vorgeführt in Handschellen, teilnehmen. Dies war das einzige Mal während des DDR-Gefängnisaufenthaltes, dass ich meinem Vater begegnete.

Über die letzte Station, die Haftanstalt in Plauen, wurde mein Vater im Juli 1962 mit erheblichen gesundheitlichen Beschwerden und 14 Kilogramm Gewichtsverlust aus der DDR-Haft entlassen. Von Folter spricht Amnesty International, wenn „… einer Person vorsätzlich große körperliche oder seelische Schmerzen oder Leiden zugefügt werden… ".

Die Entlassung

Am 6. Juli 1963 wurde mein Vater aus der Untersuchungshaftanstalt Plauen (VPKA UHA 2) der DDR nach verbüßter zehnmonatiger Haftstrafe entlassen. Der Entlassene, so im Entlassungsschein, „besitzt keinen gültigen Personalausweis", deshalb dient „dieser Entlassungsschein als vorläufiger Ausweis" und hat eine Gültigkeit bis zum 9.7.1963. Und weiter: „Verpflegung wurde bis: 6.7.1963 ausgehändigt". Zudem: „Der Inhaber dieses Entlassungsscheines wurde darüber belehrt, daß er auf der ihm vorgeschriebenen Fahrtstrecke in kürzester Frist das Gebiet der Deutschen Demokratischen Republik zu verlassen hat". Das Ganze wurde von einem Oberleutnant der Volkspolizei, dem Leiter der SV-Dienststelle, unterschrieben.

Die Entlassung aus dem DDR-Gefängnis war mit der Mitnahme des bei der Verhaftung beschlagnahmten Fahrzeuges verbunden. Um bei der Einreise in die DDR keinen Verdacht zu erwecken, hatte sich mein Vater das Auto eines befreundeten Bekannten geliehen, welches er natürlich wieder dem Eigentümer zurückgeben musste. Ebenso befanden sich persönliche Gegenstände „bei den Effekten", die im Anschluss an die verbüßte Haftstrafe meinem Vater wieder ausgehändigt wurden.

Die schriftliche Anfrage meiner Mutter, ob es dem DDR-Anwalt möglich wäre, das beschlagnahmte Fahrzeug bereits Anfang 1963 zu übernehmen, musste dieser negativ beantworten. „Leider hat sich inzwischen herausgestellt, dass eine Übernahme des Wagens durch mich nicht möglich sein wird." Er konnte jedoch übermitteln, dass nach der Haftentlassung das Fahrzeug meinem Vater übergeben würde.

Anders sah es während der Haftverbüßung mit übersandten Geschenkartikeln aus. Während in der Haftanstalt nur bestimmte Artikel aus zugesandten Paketen meinem Vater ausgehändigt wurden, blieben ihm andere Dinge verwehrt, u.a. Zigaretten und Pralinen. Warum einige Sachen nicht übergeben wurden, verschließt sich meiner Erkenntnis. Möglich wäre, dass diese als Luxusartikel eingestuft wurden, die dem Strafgefangenen Vergünstigungen erlaubt hätten, die nicht im Einklang mit seiner Strafe stehen.

So verwies der DDR-Anwalt darauf, dass nur Sachen übersendet werden sollten, die notwendige Grundbedürfnisse abdecken, wie beispielsweise Zahnpasta, Haarwaschmittel, Dauerwurst oder Obst. Auch die Anweisung, wenn schriftlicher Kontakt aufgenommen wird, dann am besten nur Postkarten zu schreiben, die sich allerdings inhaltlich nicht mit dem Strafverfahren beschäftigen dürfen, machte in gewisser Weise Sinn. Denn Karten konnten vom Anstaltspersonal schneller überprüft und anschließend ausgehändigt werden, während Briefe einer längeren Lesekontrolle unterzogen wurden, was erhebliche Verzögerung bei der Zustellung bedeutet hätte.

Nachdem die DDR-Behörden im Januar 1963 die Übergabe des beschlagnahmten Kraftfahrzeugs an den Rechtsanwalt meines Vaters noch verweigert hatten, konnte dieser bereits im Februar 1963 mitteilen: „Übrigens war dieser Tage der fragliche Pkw vom Sohn der älteren Schwester von Herrn R. aus der Hand des Untersuchungsorgans, wo sich der Wagen bislang befand, übernommen worden zum Zwecke eigener Betreuung und Wartung, bis Herr R. entlassen ist und den Wagen persönlich wieder mitbringen kann."

So entledigte sich der Justizapparat der DDR zumindest der Wartungs- und Pflegekosten für ein „West-Auto", welches der „Ausschleusung" aus der DDR dienen sollte. Für die „Betreuungs- und Pflegekosten" für meinen Vater war die DDR-Justiz dagegen weiterhin bereit, aufzukommen. Unter Kosten- Nutzenaspekten eine verwirrende Entscheidung.

So musste mein Vater seine Haftstrafe bis zur Entlassung im Juli 1963 vollständig verbüßen, zumal auch ein Berufungsverfahren von der Justiz abgelehnt wurde. Es wurde vom Berufungsgericht als unbegründet abgewiesen. Damit fand dieser Lebensabschnitt meines Vaters ein Ende. Zur Bewältigung seiner DDR-Haft, falls so etwas überhaupt möglich ist, kam es erst Anfang der 90er Jahre, als das Leipziger Landgericht, wie bereits erwähnt, das Kreisgerichtsurteil von 1962 aufgehoben hat. „Es wird festgestellt, daß das damalige Verfahren rechtsstaatswidrig war und der Antragsteller zu Unrecht vom 6. September 1962 bis 6. Juli 1963 in Haft gehalten wurde."

Rehabilitation

Die Rehabilitation meines Vaters für die DDR-Haft wurde von ihm frühzeitig in die Wege geleitet durch einen Rehabilitationsantrag gemäß § 15 RHG. So erklärte bereits 1966 der Generalstaatsanwalt beim Oberlandesgericht in Karlsruhe: „Auf seinen Antrag wird die Strafvollstreckung aus diesem Urteil gemäß § 15 des Gesetzes über die innerdeutsche Rechts- und Amtshilfe in Strafsachen vom 2.5.1953 (BGBl.I S.161) für unzulässig erklärt."

Damit war der erste Schritt gegen das Urteil der Strafkammer vom Kreisgericht Leipzig, wegen des Verstoßes gegen § 21 des Strafrechtsergänzungsgesetzes vom 11.12.1957 (Verleitung zur Republikflucht) und wegen Passvergehens, getan. Damit lag die Karlsruher Staatsanwaltschaft zwar nicht ganz richtig, denn mein Vater wurde nicht wegen Verleitung zur Republikflucht, sondern wegen „Urkundenfälschung in Tateinheit mit Vergehen gegen das Passgesetz" verurteilt. Aber immerhin, seine erste moralische Entlastung war erreicht.

Die weiteren Entlastungsschritte folgten deutlich später, erst nach dem Ende der DDR. Noch 1990 wurde in einem Merkblatt des Bundesministers der Justiz mit Bezug auf den Vertrag zur Herstellung der Einheit Deutschlands bestimmt, dass Strafurteile von Gerichten der DDR grundsätzlich wirksam bleiben sollen. Aber nach der Herstellung der Deutschen Einheit sollte nach rechtsstaatlichen Grundsätzen eine Überprüfung solcher Urteile und eine Rehabilitierung von betroffenen Personen möglich sein. Bereits 1991 verabschiedete das Bundeskabinett ein neues strafrechtliches Rehabilitierungsgesetz, welches noch der Zustimmung des Parlamentes und des Bundesrates bedurfte. Darin wurde folgendes zum Ausdruck gebracht: „Urteile deutscher Gerichte in der DDR oder der Sowjetischen Besatzungszone (SBZ) sind auf Antrag als rechtsstaatswidrig aufzuheben, soweit sie mit den Grundsätzen einer freiheitlichen rechtsstaatlichen Ordnung nicht vereinbar sind."

So fasste 1993 die 3. Rehabilitierungskammer des Landgerichts Leipzig für meinen Vater folgenden „Beschluß": „Das Urteil des Kreisgerichts Leipzig-Südwest vom 13. Dezember 1962 (Az. VI S 214/62) wird aufgehoben." Zweitens wird festgestellt, „daß das damalige Verfahren rechtsstaatswidrig war und der Antragsteller zu Unrecht vom 6. September 1962 bis zum 6. Juli 1963 in Haft gehalten wurde." Drittens: „Der Antragsteller wird rehabilitiert."

Aus diesem Urteil ergaben sich verschiedene Ansprüche, die sich auf die Verfahrenskosten, auf soziale Ausgleichsleistungen für die Haftzeit, die gesundheitlichen Schädigungen auf Grund des Freiheitsentzuges und die Berücksichtigung der Haftzeit bei der Rentenberechnung bezogen.

Des Weiteren wurde eine Tilgung des Eintrages im Strafregister und eine Rückerstattung von Vermögenswerten, die im Rahmen dieses rechtsstaatswidrigen Verfahrens, „dem Betroffenen oder Dritten entzogen worden sind", gebilligt. Der Rehabilitierungsantrag galt als begründet, weil „dem Antragsteller durch das Urteil des Kreisgerichts Leipzig-Südwest vom 13. Dezember 1962 schweres Unrecht zugefügt wurde. Er ist deshalb zu rehabilitieren." Drei zuständige Richter des Oberlandesgerichts Sachsens unterzeichneten diesen Beschluss, der die völlige Rehabilitierung meines Vaters bedeutete.

Die Rehabilitierung bedeutete eine gewisse finanzielle Entschädigung, die sich auch auf die damals angefallenen Gerichtskosten, die das DDR-Gericht für den Prozess im Jahr 1962 erhoben hatte, bezogen.

Eine weitere Maßnahme, die zur Aufklärung der damaligen Verhaftung und des Gerichtsverfahrens beitragen sollte, war der Antrag auf „Einsichtnahme in personenbezogene Unterlagen des Staatssicherheitsdienstes der ehemaligen Deutschen Demokratischen Republik."

Der Bundesbeauftragte für die Unterlagen des Staatssicherheitsdienstes, die sogenannte „Gauck-Behörde", erteilte die Zustimmung zur Akteneinsicht, nachdem nach Antragstellung die Recherchen im Zentralarchiv Berlin und in den zuständigen Außenstellen durchgeführt worden waren. Die Einladung zur Einsichtnahme der gefundenen Dokumente erfolgte durch die Dienststelle des Bundesbeauftragten in Leipzig.

Die Einsichtnahme erwies sich als wenig ergiebig, da nur der gerichtliche Untersuchungsvorgang noch existent war. Eine Aufklärung, ob das damalige Unterfangen, der Fluchtversuch, verraten wurde, und von wem, erbrachten die Unterlagen nicht. Ein Teil der Unterlagen konnte nicht eingesehen werden.

Das Ende der DDR

Über die Ursachen, die das Ende der DDR im Jahr 1989 einläuteten, wurden verschiedene Erklärungen publiziert. Eine Vielzahl von endogenen und exogenen Faktoren konnten für den Untergang des ersten sozialistischen Staates auf deutschem Boden verantwortlich gemacht werden. Neben ökonomischen stehen politisch-historische, ideologische sowie soziologische Merkmale im Fokus dieser Analysen. Letztendlich war es wohl das „Gesamtpaket" der Lebensbedingungen, welches zum Untergang der DDR beigetragen hat.

Besonders verfochten wird eine Implosionstheorie, der zufolge das Ende der DDR kam, als die Sowjetunion deren Bestand in Frage stellte, indem sie keine unterstützende oder zumindest duldende Gewalt mehr anbot, d.h. ihre schützende Hand entzog. Dahinter steckt die Vermutung, dass der DDR-Staat weiter existiert hätte, wenn die Sowjetunion zwischen 1989 und 1990 eine andere Position eingenommen hätte. So wurde Michail Gorbatschow, der damalige Generalsekretär der Kommunistischen Partei der Sowjetunion, ursächlich zum deutschen Einheitsmacher.

Die Öffnung der ungarischen Grenze und einer damit verbundenen menschlichen Massenabwanderung, die Ausreise von DDR-Bürgern über die Prager Botschaft bis hin zur „unbeabsichtigten" Öffnung der Berliner Mauer sind weitere Belege, die gegen einen Fortbestand der DDR sprachen.

Ein weiteres Erklärungsmuster für das Ende lag in der katastrophalen wirtschaftlichen Entwicklung, sowohl in der DDR als auch im ganzen Ostblock, dem RGW (Rat für gegenseitige Wirtschaftshilfe) - Gebiet, einem wirtschaftlichen Zusammenschluss aller sozialistischen Länder unter Führung der Sowjetunion. Die Überschuldung der DDR aufgrund des Bemühens, wohlfahrtsstaatliche Leistungen trotz nachlassender Produktivität aufrechtzuerhalten, der verlorene Rüstungswettkampf oder das technologische Zurückbleiben in der „dritten industriellen Revolution" sind weitere Faktoren des Untergangs.

Dabei sollen nicht die bestehenden inneren Konflikte übersehen werden, ausgelöst durch die Gruppe der Parteireformer, durch die Bürgerbewegung, durch Dissidenten oder kirchliche Kräfte, die sich gegen bestimmte gesellschaftliche Entwicklungen wandten.

Der soziologische Aspekt der fehlenden sozialen Mobilitätschancen kann als weiterer Baustein angeführt werden. Ruft man Ralf Dahrendorf als Verfechter der offenen Gesellschaft in den Zeugenstand, dann braucht ein demokratisch legitimiertes Gesellschaftsmodell die „soziale Mobilität", d.h. die freie Entfaltung der Indivi-

duen bei größtmöglicher Chancengleichheit und un-
beschränkter Konkurrenz. Nur so kann gleichzeitig ökonomische Prosperität und Demokratie gewährleistet
werden.

Mobilitätschancen waren in der Aufbauphase der
DDR bis Anfang der 60er Jahre, in Abhängigkeit von
politischer Loyalität, durchweg vorhanden. Dann voll-
zog sich ein Wechsel auf fast allen leitenden Positionen,
der auch mit einer Deklassierung bürgerlicher Schichten
einherging. Zwar gab es einerseits durch vakante Stellen
von Westflüchtlingen gewisse Aufstiegschancen, andererseits aber wurde durch eine rigide Bildungspolitik die
Möglichkeit zum Studium deutlich verknappt. Während
in der Bundesrepublik Deutschland eine hochschulische
Bildungsoffensive gestartet wurde, fror die DDR ihre
Studierendenzahlen auf einem geringen Niveau ein.
Zudem versperrte die Aufbaugeneration weiterhin die
Führungsplätze und durch die reduzierten Bildungsmög-
lichkeiten gab es für immer weniger die Möglichkeit
zum sozialen Aufstieg. Diese blockierten Aufstiegschancen bewirkten in den 80er Jahren bei der nachrück-
enden Generation eine Entfremdung von Staat, Partei
und Gesellschaft.

Für die wirtschaftlichen Verhältnisse in der DDR,
die in den 70er Jahren trotz Mangelwirtschaft zunächst
noch relativ stabil blieben, gab es schließlich aufgrund
der zentralgesteuerten Ökonomie keine überlebensfä-

hige Zukunft. Wirtschaftswissenschaftler der DDR haben in einer „Schlussbilanz - DDR" eine verfehlte Wirtschafts- und Sozialpolitik für dieses Scheitern verantwortlich gemacht. Die Notwendigkeit einer „autonomen Selbstregulierung der Teilsysteme" sahen sie als unabdingbar an, um ökonomisch erfolgreich zu sein. Demnach sollten nur solche Probleme zentral gelöst werden, die die Ressourcen der Teilsysteme überschreiten oder eine Gefährdung des Gesamtsystems darstellen und dessen Stabilität in Frage stellen.

Die ideologischen Begrenzungen alternativer Wirtschafts- und Sozialkonzepte verhinderte ursächlich einen Wandel, der unabdingbar gewesen wäre. Die SED unterband damit insbesondere in der „Honecker-Ära" sämtliche öffentlichen Problemdiskussionen, die für sie einen Zweifel an dem einmal eingeschlagenen Weg bedeutet hätte.

Das Dilemma in der Nach-Ulbricht-Zeit begann bereits 1971 auf dem achten Parteitag der SED. Die Versprechen Erich Honeckers, eine Verbesserung des materiellen und kulturellen Lebensniveaus, des wissenschaftlichen Fortschritts und des Wachstums der Arbeitsproduktivität herbeizuführen, konnten nie eingehalten werden. Honecker selbst bezeichnete später die Phase seines Wirkens als erfolgreichste der DDR-Geschichte, obwohl die Diskrepanz zwischen Soll und Ist immer größer wurde.

Diese Politik scheiterte, weil einerseits das Wirtschaftssystem keinerlei Anreize bot, die besondere Leistungen zur Befriedigung von Ansprüchen beflügeln konnten, und andererseits wirkte sich die nicht an eigener Leistung orientierte soziale Sicherheit kontraproduktiv auf die Anstrengungsbereitschaft der Menschen aus.

Mitte der 70er Jahre wurde zunächst mehr Nationaleinkommen verbraucht - Stichwort Überkonsumption - als erwirtschaftet, was in den 80er Jahren zurückgeschraubt werden musste, weil dies eine weitere und zunehmende Außenverschuldung zur Folge gehabt hätte. Diese Entwicklung wurde beschleunigt durch eine zweimalige Erhöhung der Rohstoff- und Energiepreise auf dem Weltmarkt.

Sozialer Fortschritt und soziale Sicherheit seien trotz außenwirtschaftlicher Belastungen - so Honecker - weiterhin gewährleistete Ziele, obwohl die realen Tatsachen in eine andere Richtung deuteten. Die Wahrheit über den tatsächlichen Zustand der DDR-Volkswirtschaft oder gar eine Änderung des wirtschaftspolitischen Vorgehens kamen dem Staatsratsvorsitzenden nicht über die Lippen. Eine Bankrotterklärung hätte die Machtfrage in den Raum gestellt. So blieb es bei Durchhalteparolen.

Mitte der 80er Jahre gingen die Wachstumsraten des produzierten Nationaleinkommens rapide zurück. Um politisch weiter agieren zu können, wurden alle Möglichkeiten der Verschuldung genutzt. Die Verschuldung gegenüber dem westlichen Ausland stieg unaufhörlich. Bis Ende 1989 verschuldete sich der Staatshaushalt der DDR um 130 Milliarden Mark. Gegenüber der Sowjetunion und den anderen sozialistischen Ländern, die im Rat für gegenseitige Wirtschaftshilfe (RGW) unter Federführung der Sowjetunion zusammenarbeiteten, gab es keine Verschuldung, weil all diese Länder mit denselben Problemen zu kämpfen hatten.

Aus der volkseigenen Wirtschaft wurden immer mehr Mittel abgezogen, um die aufwändige Sozialpolitik zu finanzieren, was wiederum zu einer Verschuldung der volkseigenen Betriebe führte. Der Kreditanteil bei betrieblichen Investitionen stieg von zunächst einem Viertel auf zwei Drittel im Jahr 1989. Zudem überstiegen die Lohn- und Gehaltseinkünfte die Waren- und Dienstleistungsangebote, was zu einer höheren Sparquote führte. Dieser Kaufkraftüberhang bedeutete eine zunehmende und zusätzliche Verschuldung des Staates gegenüber seiner Bevölkerung.

Dabei bleibt das Verschulden des Staates hinsichtlich unterlassener Maßnahmen zur Umweltsicherung unberücksichtigt. Obwohl das Lebensniveau zwischen DDR und BRD diametral auseinanderlief, haben die DDR-Bürger in den 70er und 80er Jahren über ihre Verhältnisse und „vor allem zu Lasten der Zukunft gelebt."

Sämtliche genannten Gründe haben zum Ende des DDR-Staates beigetragen. Welchen Anteil die ökonomischen, die sozialen oder die politisch-gesellschaftlichen Verwerfungen dabei hatten, möge jeder für sich selbst beurteilen. Eines scheint offenkundig: Starres Festhalten an offenkundigen Fehlern, ideologische Verblendung und fehlender Mut zum Wandel haben einen entscheidenden Anteil am Untergang der DDR gehabt.

Die Gruppe derer, die diesem Staat bis zum Schluss die Treue hielten, war lange Zeit groß genug, um die Agonie des Systems zu verschleiern.

Nach der Ablösung des Staatsratsvorsitzenden Erich Honecker, dem im Oktober 1989 nahegelegt wurde, sämtliche Ämter aus gesundheitlichen Gründen nieder zu legen, übernahm auf Vorschlag Honeckers dessen „Kronprinz" Egon Krenz das untergehende DDR-Schiff. Immer mehr Menschen verließen die DDR oder wollten ausreisen. Zudem nahmen die Demonstrationen, die Freiheit und Demokratie forderten, kein Ende. Mit Honecker mussten zwei weitere Protagonisten des DDR-Regimes ihren Hut nehmen: Günter Mittag, der für die desaströse DDR-Wirtschaft verantwortlich zeichnete, und Joachim Herrmann, zuständig für Agitation und Medien. Es ging also nicht nur im Zentralkomitee und Politbüro turbulent zu, sondern auch auf den Straßen und Plätzen des Arbeiter- und Bauernstaates. Nach der Sondersitzung des Zentralkomitees und der Machtübernahme von Egon Krenz verkündete dieser im DDR-Fernsehen, dass die politische Führung der DDR die gesellschaftliche Entwicklung falsch eingeschätzt und daraus nicht die entsprechenden Konsequenzen gezogen hätte. Er räumte Fehler ein und versprach Reformen. Allerdings blieb es bei diesem halbherzigen Versprechen, so dass der Druck der Bevölkerung auf die politisch Verantwortlichen nicht nachließ.

Bei den Demonstrationen in Dresden und Berlin gab es Übergriffe und zahlreiche Verhaftungen durch die Volkspolizei und die „Stasi-Mitarbeiter". Erst bei den Demonstrationen in Leipzig intervenierte die Staatsmacht nicht mehr. Neue politische Kräfte wie das Neue Forum und die SPD machten nun dem Alleinvertretungsanspruch der SED Konkurrenz. So ging bereits Anfang Dezember 1989 die Ära Krenz zu Ende. Er und das gesamte Zentralkomitee traten zurück. Egon Krenz war angetreten, eine Wende herbeizuführen und die DDR als souveränen Staat zu erhalten. Mit diesem Vorhaben ist er gescheitert. Später wurde er aufgrund des Schießbefehls an der innerdeutschen Grenze wegen Totschlags zu einer sechseinhalbjährigen Gefängnisstrafe verurteilt. Der Vorsitzende des Ministerrates Hans Modrow leitete von nun an bis zu den ersten freien Volkskammerwahlen im März 1990 das politische Geschick der DDR. Im April übernahm eine Regierung der nationalen Verantwortung, angeführt von Ministerpräsident

Lothar de Maizière, die Regierungsgeschäfte, die bis zum Beitritt der DDR zur Bundesrepublik Deutschland im Oktober 1990 Bestand hatten. Damit endete die deutsche Teilung, die als Folge des zweiten Weltkrieges entstanden war.

1990 - Vereinigung der beiden deutschen Staaten

Bei den ersten freien Kommunalwahlen der DDR im Mai 1990 erlangten die CDU rund 34, die SPD 21, und die PDS ca. 15 Prozent der Stimmen. Weitere 25 Prozent verteilten sich auf kleinere Parteien. Im selben Monat wurde der Staatsvertrag zwischen der Bundesrepublik Deutschland und der Deutschen Demokratischen Republik abgeschlossen. Die Volkskammer der DDR beantragte den Beitritt der DDR zur Bundesrepublik Deutschland. Einigung bestand zwischen Bundestag und Volkskammer über die deutsch-polnische Grenze.

Am 1. Juli 1990 trat der Staatsvertrag zur Schaffung einer Wirtschafts-, Währungs- und Sozialunion in Kraft. Nun wurde die D-Mark offizielles Zahlungsmittel der DDR. Damit einhergehend kam es zur Aufhebung der Grenzkontrollen sowie der Abschaffung der Notaufnahmeverfahren für DDR-Übersiedler. Als weitere Maßnahme begannen die Verhandlungen über den Einigungsvertrag.

Im Juli 1990 konnte der deutsche Bundeskanzler Helmut Kohl nach Gesprächen mit dem sowjetischen Regierungschef Gorbatschow verkünden, dass das vereinte Deutschland souverän entscheiden kann, „ob und welchem Bündnis es angehören will." In Absprache mit den Siegermächten des zweiten Weltkriegs bei den sogenannten „Zwei-plus-Vier-Gesprächen" einigten sich beide deutsche Außenminister über die endgültigen Grenzen Deutschlands.

Dass die DDR in vielerlei Hinsicht heruntergewirtschaftet war, blieb der Bevölkerung natürlich nicht verborgen. Die wirtschaftliche Lage der DDR wurde retrospektiv von der DDR-Bevölkerung als sich „deutlich verschlechternd und von zahlreichen Engpässen gekennzeichnet" beschrieben. So sahen nach dem Zusammenbruch des DDR-Regimes bereits im Mai 1990 über 90 Prozent der DDR-Bürger es als dringliche Aufgabe der Politik an, die Sanierung der Wirtschaft voranzutreiben, für einen besseren Umweltschutz und höhere soziale Leistungen zu sorgen sowie einen Leistungslohn und höhere Renten einzuführen. Zudem bedurfte das Gesundheitssystem einer Überholung und die Versorgungslage sollte insgesamt eine Verbesserung erfahren. Ebenso groß war der Wunsch nach Einführung der Deutschen Mark.

Der radikale Veränderungsanspruch bezog sich jedoch im Wesentlichen auf materielle Kriterien. Eine Aufarbeitung der politischen und juristischen Verfehlungen des DDR-Regimes bekam zwar ebenfalls mehrheitlich Zuspruch, dieser blieb aber vergleichsweise zurückhaltend. Einen gewissen Widerspruch zu den ökonomisch und marktwirtschaftlich orientierten Forderungen bedeutete das geringe Interesse an einer Privatisierung der Wirtschaft und dem Abbau von Subventionen.

Diese überwiegend ökonomischen Forderungen betrafen einerseits die Mängel des alten Systems, beinhalteten aber gleichzeitig eine gewisse Sorge, was nach der vermutlichen Umgestaltung auf ein neues Gesellschaftsmodell die Zukunft bringen würde.

Der Wunsch der DDR-Bevölkerung nach einer Vereinigung Deutschlands nahm ständig zu: Während im Mai 1990 erst rund die Hälfte von diesem Schritt „voll und ganz" überzeugt war, stieg dieser Anteil im Juni bereits auf 58 Prozent. Weitere 38 Prozent waren unter gewissen Vorbehalten für ein Zusammengehen beider Länder. Völlig dagegen war nur eine Minderheit (3%).

Ende Juli, Anfang August 1990 zeichnete sich immer mehr ab, dass es zur Vereinigung der beiden deutschen Staaten kommen würde. Dies schien die einzige Möglichkeit, um eine unberechenbare Situation zu beenden. Diese Alternative begrüßte die Mehrheit der DDR-Bevölkerung, allerdings mit unterschiedlicher Gewichtung, je nach politischer Anhängerschaft. Am optimistischsten blickten der Vereinigung die Anhänger konservativer (CDU/DA/DSU) und liberaler Parteien (FDP/LDP/DFP) entgegen, aber auch die Menschen, die der

SPD nahestanden, verbanden positive Zukunftserwartungen mit der deutschen Vereinigung.

Im Gegensatz dazu zeigte sich die Anhängerschaft der damals neu gegründeten PDS eher skeptisch. Nur 25 Prozent waren vom Weg in die deutsche Einheit überzeugt, während 65 Prozent diesbezüglich sorgenvoll in die Zukunft blickten. Auch die Bündnis 90-Orientierten waren in diesem Zusammenhang weniger euphorisch als die konservativ-liberale Anhängerschaft.

Obwohl auch jeder zweite Bundesbürger der Vereinigung beider Länder ohne Einschränkungen zustimmte, machte sich im Juli 1990 unter der bundesrepublikanischen Bevölkerung die Sorge breit, dass das Tempo des Vereinigungsprozesses zu hoch sei. Dahinter stand die Befürchtung, dass die finanziellen Belastungen, die auf den Bundeshaushalt zukamen, negative Auswirkungen haben könnten. Neben sozialen Problemen wurden finanzielle Belastungen wie Steuererhöhungen vermutet.

Auch in der DDR gab es Ressentiments wegen der Geschwindigkeit, mit der die Vereinigung angepeilt wurde. Zwei Drittel der DDR-Bevölkerung wollten einen langsameren Prozess der Annäherung, auch um bestimmte Rechte und Errungenschaften des DDR-Systems nicht zu verlieren. Insbesondere standen dabei soziale Errungenschaften und Leistungen der DDR-Gesellschaft (z.B. Kindereinrichtungen oder Sicherung des Arbeitsplatzes) im Fokus.

Der Vereinigungsdruck rührte natürlich auch von der Fluchtbewegung der bis dahin über 3,8 Millionen DDR-Bürger her, die insbesondere gegen Ende der DDR-Herrschaft erheblich zugenommen hatte. Die DDR hatte 1989 das KSZE-Abkommen unterzeichnet, in dem u.a. die persönliche Freizügigkeit, also natürlich auch die Reisefreiheit, garantiert wurde. Die Situation verschärfte sich für die DDR bereits im August 1989, als der ungarische Staat im Rahmen seiner Reformbemühungen den Grenzzaun nach Österreich abbaute, was ca. 600 DDR-Bürger bei einem „paneuropäischen Frühstück" im Grenzbereich zur Flucht nutzten. Dem folgten zunächst 6.000 ausreisewillige DDR-Bürger, die sich über die bundesrepublikanische Botschaft in Prag die Ausreise erstritten, und später weitere rund 23.000 Menschen, die ebenfalls über die Tschechoslowakei in die Bundesrepublik reisten. Zudem wurden die Botschaften in Budapest und Warschau ebenfalls von DDR-Bürgern überrannt. Auf die Aufforderung beider Länder an die DDR-Regierung, gegen diese Belagerungen etwas zu unternehmen, reagierte die DDR mit der Genehmigung zur Ausreise dieser Personengruppe in die Bundesrepublik Deutschland. Im Oktober 1989 lagen den DDR-Behörden dann rund weitere 190.000 Ausreiseanträge vor.

Das DDR-System geriet so weiter unter Druck. Als Egon Krenz im Oktober 1989 die Regierungsgeschäfte in der DDR übernahm, versprach er ein neues Reisegesetz für Auslandsreisen von DDR-Bürgern einzuführen. Als der Entwurf dieser Neuregelung die Reformunfähigkeit der DDR-Regierung dokumentierte, wurde die Reisefreiheit auch bei den weiter anhaltenden Demonstrationen immer mehr thematisiert. Das überarbeitete Gesetz, das Ausreisen nur noch bei schwerwiegenden Gründen verhinderte, aber immer noch von der Genehmigung der DDR-Behörden abhängig machte, war mit einer Ankündigungssperrfrist belegt. Bei einer Pressekonferenz am 9. November 1989 antwortete das Mitglied des Zentralkomitees Günter Schabowski auf die Frage eines Journalisten, ab wann die Reisevisa erteilt werden: „ab sofort, unverzüglich". Von da ab gab es kein Halten mehr, die Menschen bestürmten die Grenzübergänge. Die innerdeutsche Grenze war damit Geschichte, das Ende der DDR unaufhaltsam.

Interessant ist die Tatsache, dass im Juli/August 1990 fast 90 Prozent der DDR-Bürger angaben, sie möchten im Land bleiben. Weitere sechs Prozent machten ihren Verbleib von deutlichen Verbesserungen in der DDR abhängig. Allerdings hätte bei einer politisch-ökonomisch aussichtslosen Situation der Aussiedlungswunsch sicherlich neue Nahrung erhalten.

Viele DDR-Bürger brachten aber auch das Verständnis dafür auf, dass ihre Mitbürger sich für die Bundesrepublik entschieden. Denn trotz einer positiven Aufbruchstimmung waren die Unsicherheiten und Sorgen hinsichtlich des Umbaus der DDR-Gesellschaft unter der Bevölkerung groß.

Die wirtschaftliche Lage innerhalb der DDR wurde nach der Wende zunächst etwas besser beurteilt, aber im August 1990 war diese anfängliche Hoffnung auf dem Rückzug. Die Hälfte der DDR-Bevölkerung erwartete immerhin noch Verbesserungen. Der private Verbrauch an Konsumgütern nahm zwar zu, wurde aber durch Importe aus westlichen Ländern und durch Abbau von Vorräten gedeckt. Währenddessen ging die Anzahl der Beschäftigten ständig zurück, weil Unternehmen schlossen oder durch Rationalisierungsmaßnahmen Personalabbau betrieben. Die Hoffnung der Menschen richtete sich auf die soziale Marktwirtschaft, von der rund 90 Prozent Verbesserungen erwarteten, wobei nur 46 Prozent der DDR-Bürger von ihr völlig überzeugt waren.

Insgesamt begrüßte die große Mehrheit der DDR-Bürger eine Wirtschafts-, Währungs- und Sozialunion mit der Bundesrepublik Deutschland. Insbesondere die Einführung der D-Mark sorgte für hohe Zustimmungswerte. 90 Prozent der Bevölkerung begrüßten diese für sie neue Währung.

Auch der vereinbarte Umtauschkurs für die DDR-Mark wurde von den DDR-Bürgen mehrheitlich gutgeheißen. 58% der Bundesbürger sahen dies auch so, allerdings hielt ein Viertel die DDR-Mark bei dieser Umtauschaktion für zu hoch bewertet.

So erwartete ein Großteil der DDR-Bürger, auf ihre Zukunft angesprochen, dass es ihnen wirtschaftlich persönlich besser gehen werde. Dabei beruhten solche Aussagen eher auf individuellen Hoffnungen und weniger auf Kenntnissen, die die Arbeits- und Lebensbedingungen sowie die sozialen Absicherungen der Bundesrepublik Deutschland widerspiegeln. Der Informationsstand über ihr deutsches Nachbarland konnte damals eher als schlecht bezeichnet werden.

Es bestand insgesamt in vielen Bereichen ein großer Nachholbedarf bei der DDR-Bevölkerung. Nach Einführung der D-Mark wurde der Erwerb von Konsumgütern beschleunigt. Insbesondere gab es Bedarf bei Reisen, Autokauf, Bekleidung, Wohnungseinrichtungen und beim Erwerb von Unterhaltungselektronik. Dabei ging es nicht allein um die Menge der erwerbbaren Güter, sondern auch um deren Qualität.

Große Sorgen verbanden die DDR-Bürger beim Umbau der DDR-Gesellschaft mit dem Verlust des Arbeitsplatzes. Nur wenige konnten sich einen Arbeitsstellen- oder gar Berufswechsel vorstellen.

Fazit

Der Verlauf der deutschen Geschichte vor und nach dem zweiten Weltkrieg war von großer Wechselhaftigkeit gekennzeichnet. Nach dem Ersten Weltkrieg wurde erstmals der Versuch unternommen, wirkliche demokratische Strukturen in Deutschland einzuführen, was nach rund fünfzehn ereignisreichen Jahren mit Beginn der nationalsozialistischen Gewaltherrschaft scheiterte. Die Diktatur der Nationalsozialisten dauerte immerhin zwölf Jahre und hinterließ nur grauenvolle Tatsachen. Die Bemühungen nach Ende des Zweiten Weltkrieges, das Deutsche Reich wieder in die Weltgemeinschaft aufzunehmen, führten zur innerdeutschen Teilung.

Die verschiedenen Varianten des Vaterlandes bedeuteten für die Menschen unterschiedliche Lebensgestaltung. Zunächst die Weimarer Republik, in die mein Vater Mitte der zwanziger Jahre hineingeboren wurde, dann die Machtergreifung der Nationalsozialisten Anfang der 30er-Jahre, das Kriegsende und die Gründung zweier deutscher Staaten, bis hin zur neuen Einheit Deutschlands am Ende des zwanzigsten Jahrhunderts. Dieser historischen Epoche, die mit dem Aufbau demokratischer Strukturen nach dem ersten Weltkrieg begann und im autoritär-faschistischen und rassistischen System der Nazis wieder unterging, folgte nach dem Ende des

Zweiten Weltkrieges der Versuch, unterschiedliche Systeme in Deutschland zu installieren. Während der eine Teil Deutschlands eine sozialistisch-demokratische Variante etablierte, erneuerte der andere Teil, getragen von den demokratisch geführten Westmächten, den einst begonnenen Demokratieversuch.

Das sozialistische Staatsgebilde zeigte bald Risse, die zum ersten Mal im Juni 1953 zum Vorschein kamen, als Arbeiter gegen zu hohe ökonomische Planvorgaben des DDR-Staates rebellierten. Nach Niederschlagung dieser gegenstaatlichen Demonstrationen durch die in der DDR etablierte sowjetische Besatzungsmacht, die den sozialistischen Aufbau der DDR-Gesellschaft kontrollierte, folgte eine Verschärfung der Lebensbedingungen, um die „faschistischen Klassenfeinde" zu entlarven und zu eliminieren.

So machte mein Vater Erfahrungen mit den verschiedenen deutschen Gesellschaftsformen, insbesondere von zwei autoritären Systemen, die sich beide interessanterweise dem Sozialismus verpflichtet fühlten. Ob national oder international orientiert, zeigten beide Varianten des Sozialismus durchweg autoritäre Merkmale, die eine selbstbestimmte Lebensführung erschwerten, wenn nicht gar völlig verhinderten.

Damit kein Missverständnis aufkommt: Das massenmörderische System des deutschen Nationalsozialismus mit seiner rassistischen Ausrottungspolitik und seiner imperialen Ausrichtung soll nicht mit dem ebenfalls autoritären und menschenverachtenden System des DDR-Regimes verglichen werden, dessen Einparteiensystem keine individuellen Freiheiten erlaubte, die über die Parteivorgaben der Sozialistischen Einheitspartei Deutschlands (SED) hinausgingen.

Beiden Gesellschaftssystemen gemein waren jedoch ihre autoritären und erbarmungslosen Strukturen, die radikal gegenüber Abweichungen und Andersdenkenden angelegt waren. Der individuelle Freiheitsspielraum blieb durchweg gering, selbst wenn die starren und häufig unmenschlichen Regeln der Systeme befolgt wurden. Leidtragende oder Systemopfer waren letztlich alle Individuen, die sich ein- und unterordnenden Mitläufer vergleichbar weniger, besonders stark aber die, die sich nicht unterwarfen.

Mein Vater war da nur ein Betroffener unter vielen. Er musste mit einer Kriegsverletzung für den kriegerischen Wahnsinn des Nationalsozialismus und mit einer Haftstrafe im realen DDR-Sozialismus ans Vaterland bezahlen.

Dabei sollen nicht die viel zu vielen Opfer vergessen werden, die nicht das Lebensglück meines Vaters hatten, auch ein Leben darüber hinaus führen zu können, welches freiheitlich und weitgehend selbstbestimmt verlief.

Den Untergang des Deutschen Reiches mit der anschließenden Teilung Deutschlands sowie die rund vierzig Jahre spätere Vereinigung beider deutschen Staaten erlebte mein Vater als Zeitzeuge. Dieser historische Abschnitt prägte sein Leben vielfältig. Welche Macht gesellschaftliche Systeme auf ihre Individuen ausüben, konnte er so mehrfach erfahren.

Nun ist dies sicherlich nicht das Schlimmste, was meinem Vater widerfahren ist, doch dieses Beispiel zeigt, wie einem Menschen das Vaterland zusetzen kann, wenn entsprechende historisch-gesellschaftliche Rahmenbedingungen zu solchen biographischen Verwerfungen führen. Wie Menschen solche Erfahrungen bewältigen, kann von vielen Faktoren abhängen.

Der bedeutende österreichische Literat Joseph Roth schrieb, nachdem er anlässlich des Trauerzuges von Kaiser Franz Joseph dem Ersten, dessen Tod für ihn den Untergang des habsburgischen Reiches symbolisierte, Spalier gestanden hatte: „Der Erschütterung, die aus der Erkenntnis kam, daß ein historischer Tag eben verging, begegnete die zwiespältige Trauer um den Untergang eines Vaterlandes, das selbst zur Opposition seine Söhne erzogen hatte."

So ging auch der erste sozialistische Staat auf deutschem Boden unter, der seine Töchter und Söhne, um im Duktus von Joseph Roth zu bleiben, zunehmend zu Oppositionellen erzogen hatte. Das Experiment DDR hielt immerhin 40 Jahre, von 1949 bis 1989, dann hatte eine Funktionärsaristokratie den Sozialismus in Grund und Boden gewirtschaftet.

Den hohen Preis musste mit Ausnahme Rumäniens, wo der selbstherrliche Staatspräsident Ceaucescu und seine Frau hingerichtet wurden, ausschließlich die überwiegende Mehrheit der Menschen dieser Länder zahlen, denen ideologisch begründet Lebenschancen vorenthalten wurden, die wenig selbstbestimmt leben konnten und die, wenn es besonders schlecht ausging, Teile ihres Lebens in Gulags oder anderen Gefängnissen verbringen mussten oder gar ihr Leben verloren.

Die Wende in den sozialistischen Staaten kam Anfang und Mitte der 80er Jahre des letzten Jahrhunderts in den sozialistisch regierten Ländern, als mit Solidarnosc die erste freie Gewerkschaft in Polen entstand. Mit Glasnost - Offenheit - und Perestroika - Umgestaltung - wurde in der Sowjetunion durch den damaligen Ministerpräsidenten Michail Gorbatschow eine politische Wende eingeleitet, die einen Wechsel in der kommunistischen Ideologie bedeutete, der sich bereitwillig andere Länder des Warschauer Paktes anschlossen. So konnten die neu entstandenen DDR-Bürgerrechtsbewegungen immer mehr Zulauf verzeichnen und damit das alte System zur Aufgabe zwingen.

Der Zusammenbruch der Warschauer-Pakt-Staaten im Jahr 1991 war die Folge der sowjetischen Umgestaltungspolitik, die den östlichen Paktstaaten eigene Entwicklungen zugestand. Es gab keinerlei interventionistische Aktivitäten durch die bis dahin dominierende Sowjet-Regierung mehr. Michail Gorbatschow, der sowjetische Ministerpräsident, machte Ernst mit der Möglichkeit, den bisher praktizierten Sozialismus zu reformieren. Er hatte erkannt, dass die Erstarrung des Wirtschafts-, Sozial- und Politiksystems die sozialistischen Länder im Konkurrenzkampf mit der Restwelt auf die Verliererstraße geführt hatte. Sein Credo: „Wer zu spät kommt, verliert", das unter dem Motto: „Wer zu spät kommt, den bestraft das Leben." kolportiert wurde, war letztlich das Eingeständnis einer Niederlage, die aber nicht für immer Bestand haben sollte. Die mangelnde Identifikation der Sowjetbürger in den 15 Unionsrepubliken mit dem Zentralstaat Russland führte Ende 1991 zur Auflösung des einstigen förderalen Großreiches. Der damalige russische Präsident, Boris Jelzin, putschte bereits im August 1991 gegen den Sowjetischen Präsidenten Gorbatschow, nachdem schon eine Vielzahl von Unionsrepubliken, u.a. die baltischen Länder Litauen, Estland und Lettland, ihre Unabhängigkeit von der UdSSR erklärt hatten. Im Dezember 1991 kam es zur völligen Auflösung der Sowjetunion, nachdem die Präsidenten Russlands, der Ukraine und Weißrusslands im „Minsker-Abkommen" das Ende der seit 1922 bestehenden sowjetischen Föderation beschlossen, was gleichzeitig die Alleinherrschaft der Kommunistischen Partei der Sowjet-Union (KPdSU) beendete. Sie schufen daraufhin die GUS (Gemeinschaft Unabhängiger Staaten). Die restlichen Unionsrepubliken der ehemaligen UdSSR erklärten im Anschluss an dieses Abkommen ihre Eigenständigkeit. Das Ende der Sowjetunion war gleichzeitig das politische Aus von Michail Gorbatschow, dem damaligen Staatschef der Sowjetunion, der mit seiner Öffnungs- und Umgestaltungspolitik einen politischen Erdrutsch innerhalb der ehemaligen Warschauer Paktstaaten, aber auch innerhalb der Sowjetunion auslöste. Diese historische Entscheidung führte zur Beendigung des „Kalten Krieges" zwischen den beiden Machtblöcken. Gleichzeitig nutzte nicht nur die Bevölkerung der DDR diese Entscheidung zur Abrechnung mit einem politischen System, welches die Wünsche und Bedürfnisse seiner Menschen zu lang missachtet hatte, sondern sie verwandelte sämtliche Staaten des sogenannten „Ostblocks" in völlig unabhängige und autonome Länder. Ein wesentliches Kapitel der europäischen und gleichzeitig deutschen Nachkriegsgeschichte ging damit zu Ende.

Dies alles konnte mein Vater noch miterleben. Er empfand einerseits eine gewisse Erleichterung, dass ein Unrechtssystem beendet wurde, andererseits belastete ihn seine Haftstrafe in der DDR, weshalb er sich intensiv um seine Rehabilitation bemühte. Der physische und psychische Schaden, der ihm zugeführt wurde, konnte die festgestellte Unrechtmäßigkeit der Strafe letztlich nicht wieder gutmachen. Die Traumatisierung durch den Zweiten Weltkrieg und die damit verbundene körperliche Versehrtheit hatte er bis zu seinem Tod zur tragen. So hatte das Vaterland in seinen verschiedenen Ausprägungen und Facetten seinen Beitrag zu seinem Leben geleistet.

Für die historische Einordnung sowie zur Beschreibung verschiedener Sachverhalte waren folgende Quellen hilfreich:

„Die Entstehung der Bundesrepublik Deutschland", Informationen zur politischen Bildung, 157, 1974.

„Die Meinung der DDR-Bürger im deutschen Vereinigungsprozeß von Mai bis August 1990", Infratest, 1990.

„Schlussbilanz - DDR", von G. Kusch, R. Montag, G. Specht und K. Wetzker, 1991.

„Die Teilung Deutschlands 1945-1955", Informationen zur politischen Bildung 232, 1991.

„Mobilität und Legitimität - Zum Vergleich der Chancenstrukturen in der alten DDR und der alten BRD" von K. U. Mayer und H. Solga, 1994.

„Internationale Beziehungen. Der Ost-West-Konflikt", Informationen zur politischen Bildung 245, Neudruck 2000.

„Der Weg zur Einheit. Deutschland seit Mitte der achtziger Jahre", Informationen zur politischen Bildung 250, Neuauflage 2001.

Kopien aus den Unterlagen des ehemaligen Staatssicherheitsdienstes - Archiv Leipzig

Zeitfracht Medien GmbH
Ferdinand-Jühlke-Straße 7
99095 Erfurt, Deutschland
produktsicherheit@kolibri360.de